W0203986

LA NOCHE BOCA ARRIBA
Y OTROS RELATOS

Dans la même collection :

Isabel Allende
Cuentos de Eva Luna (8694)

Jorge Luis Borges
La Intrusa y otros cuentos (8618)

Camilo José Cela
La Familia de Pascual Duarte (8646)

Collectifs :
Cuentos fantasticos de América (8623)
Cuentos selectos (8608)
Los Chicos y otros relatos (8655)

Premières lectures :
Los Cuentos vagabundos y otros de Espana (8625)

Collection « Lire en espagnol »
dirigée par Henri Yvinec

Julio Cortázar

La Noche boca arriba y otros relatos

Choix et annotations par Elisabeth Bezault
Professeur au lycée Voltaire
Chargée de cours à l'Université de Paris III
et Annie Chambaut
Agrégée de l'Université
Professeur au lycée Janson-de-Sailly

Le Livre de Poche

La collection "Les Langues Modernes" n'a pas de lien avec l'A.P.L.V. et les ouvrages qu'elle publie le sont sous sa seule responsabilité.

© Julio Cortázar y herederos de Julio Cortázar

© *La Isla a mediodía* de Todos los fuegos el fuego (1966)
© *Liliana llorando* de Octaedro (1974)
© *Después del almuerzo* de Final del juego (1956)
© *Con legítimo orgullo* de Final del juego (1956)
© *La Noche boca arriba* de Final del juego (1956)
© *En nombre de Boby* de Alguien que anda por ahí (1977)
© *Los Amigos* de Final del juego (1956)
© *Segunda vez* de Alguien que anda por ahí (1977)

© Librairie Générale Française, 1993, pour la présentation et les notes.

Sommaire

Signos y abreviaduras

≠ contrario de..., diferente de...
< viene de
> da...
Am.: americanismo
Arg.: argentinismo
B.A.: Buenos Aires
s.e.: sobreentendido
fam.: familiar
c.d.t.: concordancia de tiempos
despr.: despreciativo

Tout naturellement, après quelques années d'étude d'une langue étrangère, naît l'envie de lire dans le texte. Mais, par ailleurs, le vocabulaire dont on dispose est souvent insuffisant. La perspective de recherches lexicales multipliées chez le lecteur isolé, la présentation fastidieuse du vocabulaire, pour le professeur, sont autant d'obstacles redoutables. C'est pour tenter de les aplanir que nous proposons cette nouvelle collection.

Celle-ci constitue une étape vers la lecture autonome, sans dictionnaire ni traduction, grâce à des notes facilement repérables. S'agissant des élèves de lycée, les ouvrages de cette collection seront un précieux instrument pédagogique pour les enseignants en langues étrangères puisque les recommandations pédagogiques officielles (Bulletin officiel de l'Éducation nationale du 9 juillet 1987 et du 9 juin 1988) les invitent à "faire de l'entraînement à la lecture individuelle une activité régulière" qui pourra aller jusqu'à une heure hebdomadaire. Ces recueils de textes devraient ainsi servir de complément à l'étude de la civilisation. Celle-ci sera également abordée dans des volumes consacrés aux presses étrangères.

Le lecteur trouvera donc :

En page de gauche

Des textes contemporains — nouvelles ou courts romans — choisis pour leur intérêt littéraire et la qualité de leur langue.

En page de droite

Des notes juxtalinéaires rédigées dans la langue du texte, qui aident le lecteur à

Comprendre

Tous les mots et expressions difficiles contenus dans la ligne de gauche sont reproduits en caractères gras et expliqués dans le contexte.

Observer

Des notes d'observation de la langue soulignent le caractère idiomatique de certaines tournures ou constructions.

Apprendre

Dans un but d'enrichissement lexical, certaines notes proposent enfin des synonymes, des antonymes, des expressions faisant appel aux mots qui figurent dans le texte.

Grammaire

Le lecteur trouvera, au moins pour les nouvelles courtes et sous des formes diverses selon les volumes, un rappel des structures rebelles les plus courantes — c'est-à-dire des tournures les plus difficilement assimilées par les francophones. Des chiffres de référence renverront au contexte et aux explications données dans les *Grammaires actives* (de l'anglais, de l'allemand, de l'espagnol, du portugais...) publiées au *Livre de Poche*.

Vocabulaire

En fin de volume une liste de plus de 1 500 mots environ contenus dans les textes, suivis de leur traduction, comporte, entre autres, les mots qui n'ont pas été annotés faute de place ou parce que leur sens était évident dans le contexte. Grâce à ce lexique, on pourra, en dernier recours, procéder à quelques vérifications ou faire un bilan des mots retenus au cours des lectures.

Henri YVINEC

Julio Cortázar

Julio Cortázar, escritor argentino nacionalizado francés nació en Bruselas en 1914.

Sus comienzos literarios, en los años 40, fueron la poesía y la crítica literaria. En el decenio siguiente, con el exilio en París, inició sus libros de relatos: *Bestiario* (1951), *Final del juego* (1956), *Las armas secretas* (1958).

Son relatos nacidos de los propios sueños y pesadillas del autor, donde lo fantástico procede de una frontera ambigua entre lo que se cree y lo verdadero, lo real y lo imposible.

Su primera novela *Rayuela*, publicada en 1963, se presentaba como protagonista de ella misma y se suele considerar como obra eminentemente vanguardista.

Después de su viaje a Cuba en 1961, Cortázar tomó partido por el socialismo cubano, considerándolo como inicio de una nueva era para los pueblos latinoamericanos. Cierto reflejo de su compromiso aparece en una nueva colección de cuentos: *Todos los fuegos el fuego* (1966), y persistirá hasta su muerte.

En 1967, publicó *La vuelta al día en ochenta mundos*, una fabulación alrededor de la vida cotidiana del escritor, con su entorno personal, mítico, fantástico, político e intelectual. La misma tendencia se manifiesta en *Modelo para armar* (1968), *Buenos Aires Buenos Aires* (1968), *Ultimo Round* (1969), *El Libro de Manuel* (1973).

En todos sus últimos libros, la batalla política del escritor está presente : *Octaedro* (1974), *Alguien que pasa por ahí* (1977), *Un tal Lucas* (1982).

En 1983, publicó *Los autonautas de la cosmopista*, un viaje interminable hecho de ternura, de estampas y reflexiones.

Muere Julio Cortázar en París en 1984.

Ilustración del interés de Cortázar por lo fantástico a la par que por una condena de todo proceso antidemocrático son los relatos escogidos para el presente volumen. Los desenlaces voluntariamente ambiguos dejarán a veces al lector perplejo, al querer Cortázar que el mismo lector intervenga, participando en la re-creación de la obra, convirtiéndole, de lector pasivo, en cómplice y de algún modo en co-creador.

La Isla a mediodía

La primera vez que vio la isla, Marini estaba cortésmente inclinado sobre los asientos de la izquierda, ajustando la mesa de plástico antes de instalar la bandeja del almuerzo. La pasajera lo había mirado varias veces mientras él iba y venía con revistas o vasos de whisky; Marini se demoraba ajustando la mesa, preguntándose aburridamente si valdría la pena responder a la mirada insistente de la pasajera, una americana de las muchas, cuando en el óvalo azul de la ventanilla entró el litoral de la isla, la franja dorada de la playa, las colinas que subían hacia la meseta desolada. Corrigiendo la posición defectuosa del vaso de cerveza, Marini sonrió a la pasajera. « Las islas griegas », dijo. « Oh, yes, Greece », repuso la americana con un falso interés. Sonaba brevemente un timbre y el steward se enderezó, sin que la sonrisa profesional se borrara de su boca de labios finos. Empezó a ocuparse de un matrimonio sirio que quería jugo de tomate, pero en la cola del avión se concedió unos segundos para mirar otra vez hacia abajo; la isla era pequeña y solitaria, y el Egeo la rodeaba con un intenso azul que exaltaba la orla de un blanco deslumbrante y como petrificado, que allá abajo sería espuma rompiendo en los arrecifes y las caletas. Marini vio que las playas desiertas corrían hacia el norte y el oeste, lo demás era la montaña entrando a pique en el mar. Una isla rocosa y desierta, aunque la mancha plomiza cerca de la playa del norte podía ser una casa, quizá un grupo de casas primitivas. Empezó a abrir la lata de jugo, y al enderezarse la isla se borró de la ventanilla; no quedó más que el mar, un verde horizonte interminable. Miró su reloj pulsera sin saber por qué; era exactamente mediodía.

Es Año Nuevo sólo una **vez** al año □ **vio** < ver □ la **isla** de Ré

cortés...: amable... □ un sofá es un **asiento** □ **izquierda** ≠ derecha □ **ajustando**: acomodando

bandeja: *plateau* □ **almuerzo**: comida de mediodía □ **lo** (a Marini) □ **mientras**: en tanto que □ **iba** < ir □ Cambio 16 es una **revista** □ **se demoraba**: se eternizaba

aburridamente: con fastidio □ **valdría** < valer

mirada: acción de mirar

de las muchas: como hay tantas □ **ventanilla**: *hublot*

la **playa** de La Baule es inmensa

subían hacia: ascendían en dirección a □ **meseta**: llano elevado

corrigiendo < corregir □ En Alsacia se bebe mucha **cerveza**

sonrió < sonreir □ **griega**: de Grecia □ **dijo** < decir

repuso < reponer: replicar □ **falso**: fingido

timbre: sonido

se enderezó: se puso derecho □ **se borrara**: desapareciera

labios delimitan la boca □ **empezó**: comenzó

matrimonio sirio: marido y esposa, de Siria □ **quería**: deseaba

cola: parte posterior □ el minuto consta de 60 **segundos**

otra vez: de nuevo □ **abajo**: (aquí) lo que sobrevolaba el avión

Egeo: parte del Mediterráneo □ **rodeaba**: circundaba, encerraba □ **orla**: borde □ **deslumbrante**: que ofusca la vista

sería: debía de ser □ la **espuma** blanca del mar □ **arrecifes**: rocas □ **caletas**: calas, bahías pequeñas □ **corrían**: se extendían

lo demás: lo restante

rocosa: llena de rocas, peñascosa □ **aunque** + indic. = bien que □ una **mancha** de grasa □ **plomizo**: gris azulado □ **cerca** ≠ lejos □ **quizá**: tal vez, acaso

abrir ≠ cerrar □ una **lata** de conservas □ **jugo**: zumo de frutas

no...más que: no...sino

el **reloj pulsera** señala la hora y se lleva en el antebrazo

A Marini le gustó que lo hubieran destinado a la línea Roma-Teherán, porque el pasaje era menos lúgubre que en las líneas del norte y las muchachas parecían siempre felices de ir a Oriente o de conocer Italia. Cuatro días después, mientras ayudaba a un niño que había perdido la cuchara y mostraba desconsolado el plato del postre, descubrió otra vez el borde de la isla. Había una diferencia de ocho minutos pero cuando se inclinó sobre una ventanilla de la cola no le quedaron dudas; la isla tenía una forma inconfundible, como una tortuga que sacara apenas las patas del agua. La miró hasta que lo llamaron, esta vez con la seguridad de que la mancha plomiza era un grupo de casas; alcanzó a distinguir el dibujo de unos pocos campos cultivados que llegaban hasta la playa. Durante la escala de Beirut miró el atlas de la stewardess, y se preguntó si la isla no sería Horos. El radiotelegrafista, un francés indiferente, se sorprendió de su interés. « Todas esas islas se parecen, hace dos años que hago la línea y me importa muy poco. Sí, muéstremela la próxima vez. » No era Horos sino Xiros, una de las muchas islas al margen de los circuitos turísticos. « No durará ni cinco años », le dijo la stewardess mientras bebían una copa en Roma. « Apúrate si piensas ir, las hordas estarán allí en cualquier momento, Gengis Cook vela. » Pero Marini siguió pensando en la isla, mirándola cuando se acordaba o había una ventanilla cerca, casi siempre encogiéndose de hombros al final. Nada de eso tenía sentido, volar tres veces por semana a mediodía sobre Xiros era tan irreal como soñar tres veces por semana que volaba a mediodía sobre Xiros. Todo estaba falseado en la visión inútil y recurrente; salvo, quizá, el

destinado: afectado, asignado
pasaje: los pasajeros, viajeros
muchachas: jóvenes □ **siempre** ≠ nunca
felices < feliz = contenta, dichosa
ayudaba: asistía, auxiliaba
la **cuchara** de sopa □ **desconsolado**: triste □ el **postre** se sirve al fin de la comida

quedaron: subsistieron □ **dudas**: perplejidades
inconfundible: que no puede confundirse □ la liebre y la **tortuga** □ **sacara...**: pusiera las patas al exterior del agua □ **hasta**: *jusqu'à ce que* □ **seguridad** < seguro = cierto
alcanzó a...: pudo..., logró...
un **dibujo** de Daumier □ **llegaban**: venían
Beirut: capital del Líbano

se sorprendió: se extrañó, se asombró
hace: *il y a* (noción de tiempo)
hago < hacer
muéstremela: enséñemela □ **próxima**: que viene
al margen de: por donde no pasan
ni: ni siquiera *(pas même)* □ **dijo** < decir

apúrate: date prisa, ve rápido □ **hordas**: tropas salvajes
Gengis Cook: alusión a la invasión organizada por las agencias de viajes □ **vela**: no duerme □ **siguió** + ger.: continuó + ger.
se acordaba: tenía reminiscencia
encogiéndose de hombros: *haussant les épaules* □ **al final**: al fin
sentido: significado
irreal ≠ real □ **soñar**: representarse durante el sueño

falseado: falsificado □ **recurrente**: repetitiva

deseo de repetirla, la consulta al reloj pulsera antes de mediodía, el breve, punzante contacto con la deslumbradora franja blanca al borde de un azul casi negro, y las casas donde los pescadores alzarían apenas los ojos para seguir el paso de esa otra irrealidad.

Ocho o nueve semanas después, cuando le propusieron la línea de Nueva York con todas sus ventajas, Marini se dijo que era la oportunidad de acabar con esa manía inocente y fastidiosa. Tenía en el bolsillo el libro donde un vago geógrafo de nombre levantino daba sobre Xiros más detalles que los habituales en las guías. Contestó negativamente, oyéndose como desde lejos, y después de sortear la sorpresa escandalizada de un jefe y dos secretarias se fue a comer a la cantina de la compañía donde lo esperaba Carla. La desconcertada decepción de Carla no lo inquietó; la costa sur de Xiros era inhabitable pero hacia el oeste quedaban huellas de una colonia lidia o quizá cretomicénica, y el profesor Goldmann había encontrado dos piedras talladas con jeroglíficos que los pescadores empleaban como pilotes del pequeño muelle. A Carla le dolía la cabeza y se marchó casi en seguida; los pulpos eran el recurso principal del puñado de habitantes, cada cinco días llegaba un barco para cargar la pesca y dejar algunas provisiones y géneros. En la agencia de viajes le dijeron que habría que fletar un barco especial desde Rynos, o quizá se pudiera viajar en la falúa que recogía los pulpos, pero esto último sólo lo sabría Marini en Rynos donde la agencia no tenía corresponsal. De todas maneras la idea de pasar unos días en la isla no era más que un plan para las vacaciones de junio; en las semanas que siguieron hubo que reemplazar a White en la línea

punzante: violentamente doloroso □ **deslumbradora**: deslumbrante
los **pescadores** arponeaban la ballena
seguir...: acompañar, con los ojos, el avión
propusieron < proponer: ofrecer
una **línea** aérea □ **ventajas** ≠ desventajas o inconvenientes
oportunidad: ocasión □ **acabar**: terminar
el **bolsillo**: *poche*
levantino: de Levante
las **guías** Michelin
contestó: respondió □ **oyéndose** < oírse
sortear: esquivar, eludir □ **sorpresa** cf. sorprender □ el general es un **jefe** □ **se fue** < irse
esperaba: aguardaba
costa: litoral
huellas: vestigios
colonia... [civilizaciones de Lidia (Asia Menor) y Creta]
encontrado: hallado ≠ perdido
Champollion descifró los **jeroglíficos** □ **empleaban**: utilizaban
ir al **muelle,** en el puerto, para embarcar □ **...cabeza**: Carla tenía dolor de cabeza □ **se marchó**: se fue □ un **recurso** natural como el petróleo □ **el puñado de**: los pocos
cargar: embarcar □ **dejar**: (aquí) descargar
géneros: mercancías, provisiones
habría que: sería necesario □ **fletar**: utilizar un barco alquilado
pudiera viajar: podría navegar □ **falúa...**: barco que venía por...

de Túnez, y después empezó una huelga y Carla se volvió a casa de sus hermanos en Palermo. Marini fue a vivir a un hotel cerca de Piazza Navona, donde había librerías de viejo; se entretenía sin muchas ganas en buscar libros sobre Grecia, hojeaba de a ratos un manual de conversación. Le hizo gracia la palabra *kalimera* y la ensayó en un cabaret con una chica pelirroja, se acostó con ella, supo de su abuelo en Odos y de unos dolores de garganta inexplicables. En Roma empezó a llover, en Beirut lo esperaba siempre Tania, había otras historias, siempre parientes o dolores; un día fue otra vez la línea de Teherán, la isla a mediodía. Marini se quedó tanto tiempo pegado a la ventanilla que la nueva stewardess lo trató de mal compañero y le hizo la cuenta de las bandejas que llevaba servidas. Esa noche Marini invitó a la stewardess a comer en el Firouz y no le costó que le perdonara la distracción de la mañana, Lucía le aconsejó que se hiciera cortar el pelo a la americana; él le habló un rato de Xiros, pero después comprendió que ella prefería el vodka-lime del Hilton. El tiempo se iba en cosas así, en infinitas bandejas de comida, cada una con la sonrisa a la que tenía derecho el pasajero. En los viajes de vuelta el avión sobrevolaba Xiros a las ocho de la mañana; el sol daba contra las ventanillas de babor y dejaba apenas entrever la tortuga dorada; Marini prefería esperar los mediodías del vuelo de ida, sabiendo que entonces podía quedarse un largo minuto contra la ventanilla mientras Lucía (y después Felisa) se ocupaba un poco irónicamente del trabajo. Una vez sacó una foto de Xiros pero le salió borrosa; ya sabía algunas cosas de la isla, había subrayado las raras menciones en un par de libros. Felisa le contó que los

huelga: abandono voluntario del trabajo para reivindicar
volvió: regresó □ Caín y Abel eran **hermanos**
Londres está cerca de París, Caracas no
de viejo: de libros usados □ **entretenía...**: ocupaba sin desearlo mucho □ **buscar** para encontrar □ **hojeaba**: compulsaba □ **de a ratos**: a veces □ **hizo gracia**: gustó, resultó agradable □ **palabra**: término □ **ensayó**: experimentó
pelirroja: de pelo rojo □ **se acostó**: hizo el amor □ **supo de**: conoció la existencia □ la ángina es inflamación de **garganta**
llover: caer lluvia, agua del cielo □ **esperaba**: aguardaba

se quedó: permaneció □ **pegado**: adherido, aglutinado
nueva ≠ antigua
cuenta: cálculo □ **llevaba servidas**: había servido

costó...: fue difícil hacerse perdonar
aconsejó: sugirió □ **pelo**: cabellos

lime: inglés para lima *(citron vert)*
se iba: pasaba
comida: alimentos □ la **sonrisa** de la Gioconda □ el **derecho** civil □ **viajes...**: trayectos de regreso
daba: pegaba, chocaba
babor ≠ tribor □ **entrever**: distinguir mal

ida: cf. ir □ **entonces**: en aquel momento □ **largo** ≠ corto

sacó una foto de: fotografió □ **salió...**: resultó poco clara, confusa □ **subrayado**: señalado con una raya por debajo
un par de: dos

pilotos lo llamaban el loco de la isla, y no le molestó. Carla acababa de escribirle que había decidido no tener el niño, y Marini le envió dos sueldos y pensó que el resto no le alcanzaría para las vacaciones. Carla aceptó el dinero y le hizo saber por una amiga que probablemente se casaría con un dentista de Treviso. Todo tenía tan poca importancia a mediodía, los lunes y los jueves y los sábados (dos veces por mes, el domingo).

Con el tiempo fue dándose cuenta de que Felisa era la única que lo comprendía un poco; había un acuerdo tácito para que ella se ocupara del pasaje a mediodía, apenas él se instalaba junto a la ventanilla de la cola. La isla era visible unos pocos minutos, pero el aire estaba siempre tan limpio y el mar la recortaba con una crueldad tan minuciosa que los más pequeños detalles se iban ajustando implacables al recuerdo del pasaje anterior: la mancha verde del promontorio del norte, las casas plomizas, las redes secándose en la arena. Cuando faltaban las redes Marini lo sentía como un empobrecimiento, casi un insulto. Pensó en filmar el paso de la isla, para repetir la imagen en el hotel, pero prefirió ahorrar el dinero de la cámara ya que apenas faltaba un mes para las vacaciones. No llevaba demasiado la cuenta de los días; a veces era Tania en Beirut, a veces Felisa en Teherán, casi siempre su hermano menor en Roma, todo un poco borroso, amablemente fácil y cordial y como reemplazando otra cosa, llenando las horas antes o después del vuelo, y en el vuelo todo era también borroso y fácil y estúpido hasta la hora de ir a inclinarse sobre la ventanilla de la cola, sentir el frío cristal como un límite de acuario donde lentamente se movía la tortuga dorada en el espeso azul.

loco: insensato, el que perdió la razón □ **molestó**: contrarió

acababa de: pasado inmediato

sueldos: salarios

alcanzaría: sería suficiente, bastaría

trabajamos para ganar **dinero**

se **casaría con**: tomaría por marido a □ **Treviso**: ciudad de la provincia de Venecia

veces < vez

fue dándose cuenta: comprendió poco a poco

dar su **acuerdo** es decir que sí

tácito: no expresado □ **pasaje**: los pasajeros

junto a: cerca de □ **cola**: parte posterior del avión

unos: algunos

limpio: límpido □ **recortaba**: delimitaba

A Nerón lo conocen por su **crueldad**

iban < ir □ **recuerdo**: lo que guarda la memoria □ **pasaje**: paso □ inmaculado quiere decir sin **mancha**

plomizas: *grises* □ **redes**: *filets* □ la **arena** de las dunas

faltaban: no estaban □ **empobrecimiento** < pobre

casi: aproximadamente □ **pensó** en

prefirió < preferir

ahorrar ≠ dilapidar □ **ya que...**: puesto que antes de un mes serían □ **llevar la cuenta de**: contar

menor ≠ mayor

reemplazando: sustituyendo □ **llenando**: ocupando

mirar por el cristal de la **ventanilla**

en el **acuario** nadan los peces de colores

espeso: profundo

Ese día las redes se dibujaban precisas en la arena, y Marini hubiera jurado que el punto negro a la izquierda, al borde del mar, era un pescador que debía estar mirando el avión. « Kalimera », pensó absurdamente. Ya no tenía sentido esperar más. Mario Merolis le prestaría el dinero que le faltaba para el viaje, en menos de tres días estaría en Xiros. Con los labios pegados al vidrio, sonrió pensando que treparía hasta la mancha verde, que entraría desnudo en el mar de las caletas del norte, que pescaría pulpos con los hombres, entendiéndose por señas y por risas. Nada era difícil una vez decidido, un tren nocturno, un primer barco, otro barco viejo y sucio, la escala en Rynos, la negociación interminable con el capitán de la falúa, la noche en el puente, pegado a las estrellas, el sabor del anís y del carnero, el amanecer entre las islas. Desembarcó con las primeras luces, y el capitán lo presentó a un viejo que debía ser el patriarca. Klaios le tomó la mano izquierda y habló lentamente, mirándolo en los ojos. Vinieron dos muchachos y Marini entendió que eran los hijos de Klaios. El capitán de falúa agotaba su inglés : veinte habitantes, pulpos, pesca, cinco casas italiano visitante pagaría alojamiento Klaios. Los muchachos rieron cuando Klaios discutió dracmas ; también Marini, ya amigo de los más jóvenes, mirando salir el sol sobre un mar menos oscuro que desde el aire, una habitación pobre y limpia ; un jarro de agua, olor a salvia y a piel curtida.

Lo dejaron solo para irse a cargar la falúa, y después de quitarse a manotazos la ropa de viaje y ponerse un pantalón de baño y unas sandalias, echó a andar por la isla. Aún no se veía a nadie, el sol cobraba lentamente impulso y de los matorrales crecía un olor sutil, un poco

se dibujaban: aparecían
hubiera...: habría...

kalimera: en griego, hola, buenos días □ **ya no:** *ne...plus*
prestaría: daría pero no definitivamente
le faltaba: necesitaba
vidrio: cristal de una ventana
sonrió < sonreir (como la Gioconda) □ **treparía:** ascendería, subiría □ **desnudo:** desvestido, sin ropa
entendiéndose: haciéndose comprender
señas: señales, signos □ **risas** < reir ≠ llorar
sucio: inmundo ≠ limpio

falúa: pequeña embarcación □ **puente:** Am. cubierta de un barco □ **el carnero** nos da su lana □ **amanecer:** alba, aurora, madrugada □ **luces** < luz

vinieron < venir
un padre tiene **hijos**
agotaba...: utilizaba todo el inglés que conocía
alojamiento: casa
rieron < reir □ **dracmas:** monedas griegas

salir el sol por la mañana, al Este
habitación: cuarto de dormir □ **limpia** ≠ sucia □ **olor:** perfume
salvia: *sauge* □ **piel:** cuero □ **curtida:** *tannée*

quitarse: despojarse de □ **a manotazos:** prontamente
pantalón de baño: short □ **echó a:** se puso a □ **por:** en
cobraba: tomaba
impulso: fuerza □ **matorrales:** terreno inculto lleno de malezas

ácido, mezclado con el yodo del viento. Debían ser las diez cuando llegó al promontorio del norte y reconoció la mayor de las caletas. Prefería estar solo aunque le hubiera gustado más bañarse en la playa de arena; la isla lo invadía y lo gozaba con una tal intimidad que no era capaz de pensar o de elegir. La piel le quemaba de sol y de viento cuando se desnudó para tirarse al mar desde una roca; el agua estaba fría y le hizo bien, se dejó llevar por corrientes insidiosas hasta la entrada de una gruta, volvió mar afuera, se abandonó de espaldas, lo aceptó todo en un solo acto de conciliación que era también un nombre para el futuro. Supo sin la menor duda que no se iría de la isla, que de alguna manera iba a quedarse para siempre en la isla. Alcanzó a imaginar a su hermano, a Felisa, sus caras cuando supieran que se había quedado a vivir de la pesca en un peñón solitario. Ya los había olvidado cuando giró sobre sí mismo para nadar hacia la orilla.

El sol lo secó en seguida, bajó hacia las casas donde dos mujeres lo miraron asombradas antes de correr a encerrarse. Hizo un saludo en el vacío y bajó hacia las redes. Uno de los hijos de Klaios lo esperaba en la playa, y Marini le señaló el mar, invitándolo. El muchacho vaciló, mostrando sus pantalones de tela y su camisa roja. Después fue corriendo hacia una de las casas, y volvió casi desnudo; se tiraron juntos a un mar ya tibio, deslumbrante bajo el sol de las once.

Secándose en la arena, Ionas empezó a nombrar las cosas. « Kalimera », dijo Marini, y el muchacho rió hasta doblarse en dos. Después Marini repitió las frases nuevas, enseñó palabras italianas a Ionas. Casi en el horizonte, la falúa se iba empequeñeciendo; Marini

el rojo **mezclado** con el amarillo da el color de naranja

gustado más: preferido □ **bañarse**: meterse en el agua
invadía < invadir > invasión □ **gozaba**: poseía sexualmente
capaz > capacidad □ **elegir** entre dos cosas □ **quemaba**: ardía
tirarse: lanzarse, echarse
fría ≠ caliente □ **hizo** < hacer
llevar: conducir
gruta: caverna □ **volvió...**: de nuevo se dirigió hacia alta mar □ **de espaldas**: *sur le dos*
supo < saber □ **menor** ≠ mayor

caras: (aquí) *têtes*
peñón < peña = roca
olvidado ≠ memorizado □ **giró** < girar > giratorio
nadar el crawl □ **orilla**: litoral
en seguida: inmediatamente □ **bajó** ≠ subió
mujeres ≠ hombres □ **asombradas**: sorprendidas, extrañadas
encerrarse: recluirse en sus casas □ **en el vacío** se desplazan los cosmonautas
señaló: mostró
vaciló: dudó, estuvo perplejo □ una **tela** de araña
una **camisa** de dormir □ **fue** < ir
juntos: los dos al mismo tiempo
tibio: entre caliente y frío
empezó a nombrar: comenzó a dar nombre
dijo < decir □ **rió** < reir
doblarse: plegarse

empequeñeciendo < empequeñecer < pequeño ≠ grande

sintió que ahora estaba realmente solo en la isla con Klaios y los suyos. Dejaría pasar unos días, pagaría su habitación y aprendería a pescar; alguna tarde, cuando ya lo conocieran bien, les hablaría de quedarse y de trabajar con ellos. Levantándose, tendió la mano a Ionas y echó a andar lentamente hacia la colina. La cuesta era escarpada y trepó saboreando cada alto, volviéndose una y otra vez para mirar las redes en la playa, las siluetas de las mujeres que hablaban animadamente con Ionas y con Klaios y lo miraban de reojo, riendo. Cuando llegó a la mancha verde entró en un mundo donde el olor del tomillo y de la salvia era una misma materia con el fuego del sol y la brisa del mar. Marini miró su reloj pulsera y después, con un gesto de impaciencia, lo arrancó de la muñeca y lo guardó en el bolsillo del pantalón de baño. No sería fácil matar al hombre viejo, pero allí en lo alto, tenso de sol y de espacio, sintió que la empresa era posible. Estaba en Xiros, estaba allí donde tantas veces había dudado que pudiera llegar alguna vez. Se dejó caer de espaldas entre las piedras calientes, resistió sus aristas y sus lomos encendidos, y miró verticalmente el cielo; lejanamente le llegó el zumbido de un motor.

Cerrando los ojos se dijo que no miraría el avión, que no se dejaría contaminar por lo peor de sí mismo que una vez más iba a pasar sobre la isla. Pero en la penumbra de los párpados imaginó a Felisa con las bandejas, en ese mismo instante distribuyendo las bandejas, y su reemplazante, tal vez Giorgio o alguno nuevo de otra línea, alguien que también estaría sonriendo mientras alcanzaba las botellas de vino o el café. Incapaz de luchar contra tanto pasado abrió los

sintió < sentir
los suyos: su familia □ **pagaría**: daría el precio de

trabajar: colaborar
cuesta: camino en pendiente
saboreando: apreciando, paladeando □ **alto**: pausa □ **volviéndose**: *se retournant*
animadamente: con vivacidad
de reojo: con disimulo

tomillo: *thym*

arrancó: quitó violentamente □ **guardó**: puso, depositó
matar: dar muerte, asesinar
lo alto: la parte alta □ **tenso** > tensión
la conquista espacial es una **empresa** extraordinaria
dudado ≠ podido imaginar □ **pudiera** < poder
las **piedras** preciosas
resistió: soportó □ **aristas**: *arêtes* □ **lomos...**: protuberancias ardientes □ **lejanamente** ≠ cerca
zumbido: sonido sordo de un motor o de un insecto al volar
cerrando ≠ abriendo □ **dijo** < decir
peor ≠ mejor

los párpados cierran los ojos

reemplazante: substituto, suplente
alguien ≠ nadie
alcanzaba: traía, alargaba
incapaz ≠ capaz

ojos y se enderezó, y en el mismo momento vio el ala derecha del avión, casi sobre su cabeza, inclinándose inexplicablemente, el cambio de sonido de las turbinas, la caída casi vertical sobre el mar. Bajó a toda carrera por la colina, golpeándose en las rocas y desgarrándose un brazo entre las espinas. La isla le ocultaba el lugar de la caída, pero torció antes de llegar a la playa y por un atajo previsible franqueó la primera estribación de la colina y salió a la playa más pequeña. La cola del avión se hundía a unos cien metros, en un silencio total. Marini tomó impulso y se lanzó al agua, esperando todavía que el avión volviera a flotar; pero no se veía más que la blanca línea de las olas, una caja de cartón oscilando absurdamente cerca del lugar de la caída, y casi al final, cuando ya no tenía sentido seguir nadando, una mano fuera del agua, apenas un instante, el tiempo para que Marini cambiara de rumbo y se zambullera hasta atrapar por el pelo al hombre que luchó por aferrarse a él y tragó roncamente el aire que Marini le dejaba respirar sin acercarse demasiado. Remolcándolo poco a poco lo trajo hasta la orilla, tomó en brazos el cuerpo vestido de blanco, y tendiéndolo en la arena miró la cara llena de espuma donde la muerte estaba ya instalada, sangrando por una enorme herida en la garganta. De qué podía servir la respiración artificial si con cada convulsión la herida parecía abrirse un poco más y era como una boca repugnante que llamaba a Marini, lo arrancaba a su pequeña felicidad de tan pocas horas en la isla, le gritaba entre borbotones algo que él ya no era capaz de oír. A toda carrera venían los hijos de Klaios y más atrás las mujeres. Cuando llegó Klaios, los muchachos rodeaban el cuerpo tendido en la arena,

las dos **alas** del avión
el cerebro está en la **cabeza**
cambio: modificación
la caída de las hojas en otoño □ **a toda carrera**: muy rápido
golpeándose: chocando □ **desgarrándose**: lacerándose
las rosas tienen **espinas** □ **ocultaba**: disimulaba □ **lugar**: sitio
torció: se bifurcó
un **atajo** abrevia el camino □ **franqueó...**: pasó al otro lado del contrafuerte □ **salió**: (aquí) llegó
hundía: abismaba □ **a unos...**: a aproximadamente...
para saltar alto, hay que tomar **impulso**
todavía: aún □ **volviera a flotar**: flotara de nuevo □ **no...más que**: no...sino, sólo □ la **caja** de Pandora con todos los males

ya no...: *ne...plus* □ **sentido**: significado
fuera: al exterior
cambiara de rumbo: modificara la dirección □ **se zambullera**: se tirara □ **atrapar**: coger □ **luchó**: batalló
aferrarse: adherirse □ **tragó...**: absorbió con ruido áspero
acercarse < cerca ≠ lejos □ **remolcándolo**: tirando de él
trajo < traer
un astro es un **cuerpo** celeste □ la duna está hecha de **arena**
llena...: cubierta □ **muerte** ≠ vida
sangrando: perdiendo sangre □ **herida**: lesión, llaga

una **boca** de metro □ **llamaba**: interpelaba
arrancaba: extirpaba, sacaba □ **felicidad** ≠ infortunio
gritaba: vociferaba □ **entre borbotones**: *dans un flot de sang*

más atrás: detrás de ellos
rodeaban: estaban alrededor de

sin comprender cómo había tenido fuerza para nadar a la orilla y arrastrarse desangrándose hasta ahí. « Ciérrale los ojos », pidió llorando una de las mujeres. Klaios miró hacia el mar, buscando algún otro sobreviviente. Pero como siempre estaban solos en la isla, y el cadáver de ojos abiertos era lo único nuevo entre ellos y el mar.

fuerza: vigor, energía
arrastrarse: reptar □ **desangrándose**: perdiendo toda su sangre
pidió < pedir: suplicar □ **llorando** ≠ riendo □ **miró**: observó
casi todos murieron, hubo un solo **sobreviviente**
siempre: perpetuamente ≠ nunca
abiertos < abrir ≠ cerrar

Grammaire au fil des nouvelles

Traduisez les phrases suivantes inspirées du texte (le premier chiffre renvoie aux pages, les suivants aux lignes ; les chiffres en gras renvoient à la Grammaire active de l'espagnol *publiée au Livre de Poche).*

***Le steward se redressa sans que le sourire professionnel s'efface* de sa bouche,** 12 - 15 (c.d.t., **214**)

Il *ne* resta *que* la mer (ne... que, 12 - 30, **328**).

Comme une tortue *qui sortirait* à peine les pattes de l'eau (subj. imp. à sens cond., 14 - 10, **302**).

***Il y a deux ans* que je fais la ligne** (trad. de "il y a" 14 - 18, **248**).

On *ne* voyait *personne* (indéfinis nég., 22 - 31, **76**).

Carla *avait mal à* la tête (emploi de *"doler"*, 16 - 21).

Il *fallut* remplacer *White* (expr. de l'obligation, *"a"* devant un compl. représentant une personne, 16 - 32, **136**).

Elle lui fit le décompte des plateaux *qu'elle avait déjà servis* (*llevar* + part. passé, expr. de l'action en partie exécutée, 18 - 15).

***Il n'eut pas de mal à se faire pardonner* sa distraction du matin** (c.d.t., 18 - 17, **214**).

Lucie *lui conseilla de se faire couper les cheveux* (subj. après les verbes de conseil..., 18 - 18, **206-212**).

Carla *venait de* lui écrire (passé immédiat, 20 - 2, **276**).

Avec le temps, *il se rendit compte peu à peu* (forme progressive, 20 - 9, **236**).

***Après avoir enlevé* d'un tournemain ses vêtements de voyage** (inf. présent à valeur d'inf. passé, 22 - 18, **310**).

***Il se mit à* marcher lentement** (début de l'action, 26 - 5, **276**).

Il ne serait pas *facile de tuer* le vieil homme (omission de *"de"* devant l'inf., 26 - 16, **116**).

Quand cela *ne* voulait *plus* rien dire de *continuer à nager* (trad. de continuer à, ne... plus, 18 - 15, **238**).

Ce *n'*était pas Horos *mais* Xiros (trad. de ne... pas mais, 14 - 20, **332**).

Liliana llorando

Menos mal que es Ramos y no otro médico, con él siempre hubo un pacto, yo sabía que llegado el momento me lo iba a decir o por lo menos me dejaría comprender sin decírmelo del todo. Le ha costado al pobre, quince años de amistad y noches de póker y fines de semana en el campo, el problema de siempre ; pero es así, a la hora de la verdad y entre hombres esto vale más que las mentiras de consultorio coloreadas como las pastillas o el líquido rosa que gota a gota me va entrando en las venas.

Tres o cuatro días, sin que me lo diga sé que él se va a ocupar que no haya eso que llaman agonía, dejar morir despacio al perro, para qué ; puedo confiar en él, las últimas pastillas serán siempre verdes o rojas pero adentro habrá otra cosa, el gran sueño que desde ya le agradezco mientras Ramos se me queda mirando a los pies de la cama, un poco perdido porque la verdad lo ha vaciado, pobre viejo. No le digas nada a Liliana, por qué la vamos a hacer llorar antes de lo necesario, no te parece. A Alfredo sí, a Alfredo podés decírselo para que se vaya haciendo un hueco en el trabajo y se ocupe de Liliana y de mamá. Che, y decile a la enfermera que no me joda cuando escribo, es lo único que me hace olvidar el dolor aparte de tu eminente farmacopea, claro. Ah, y que me traigan un café cuando lo pido, esta clínica se toma las cosas tan en serio.

Es cierto que escribir me calma de a ratos, será por eso que hay tanta correspondencia de condenados a muerte, vaya a saber. Incluso me divierte imaginar por escrito cosas que solamente pensadas en una de esas se te atoran en la garganta, sin hablar de los lagrimales ; me veo desde las palabras como si fuera otro, puedo pensar

menos mal que: por suerte, afortunadamente
siempre ≠ jamás, nunca □ **hubo** < haber
me lo iba a decir: iba a decírmelo
del todo: completamente □ **le ha costado**: le fue difícil, penoso

la hora de la verdad: el momento de la muerte □ **vale más**: es preferible □ **mentiras** < mentir □ el enfermo consulta al médico en su **consultorio** □ **pastillas**: *comprimés* □ **me va entrando en las**: entra poco a poco en mis □ la sangre circula por las **venas** y arterias □ **sin que** + subj.: *sans que*
haya < haber, subj. □ **eso**: *cela*
despacio: lentamente □ **perro**: animal; el protagonista habla de sí mismo □ **últimas** ≠ primeras
adentro: en el interior □ **el gran sueño**: la muerte
...agradezco: por el que a partir de ahora le tengo gratitud □ **mientras**: al mismo tiempo que □ **cama**: donde se duerme □ **verdad** ≠ mentira □ **vaciado**: dejado vacío, sin fuerzas □ **por qué**: interr. ≠ porque □ **llorar** ≠ reír □ **antes de lo**: antes de que sea □ **podés** (vos): Am.: puedes (tú) □ **decírselo**: decirlo a él
vaya < ir □ **hueco**: vacío, tiempo libre para otras ocupaciones
che Am.: excl. para llamar la atención □ **decile** Am.: dile □ **la enfermera** cuida a los enfermos □ **joda** < joder: vulg. fastidiar □ **olvidar**: no pensar más en □ **claro**: evidentemente
traigan < traer □ **pido** (yo) < pedir

de a ratos: por momentos □ **será**: debe de ser

vaya a saber: quién sabe □ **incluso**: adv. *même*: hasta, aun
en una de esas: inopinadamente □ **se te atoran**: te hacen un nudo □ **garganta**: *gorge* □ **sin hablar de los lagrimales**: y además te pones a llorar □ **desde**: *à partir de* □ **como si fuera**

cualquier cosa siempre que en seguida lo escriba, deformación profesional o algo que se empieza a ablandar en las meninges. Solamente me interrumpo cuando viene Liliana, con los demás soy menos amable, como no quieren que hable mucho los dejo a ellos que cuenten si hace frío o si Nixon le va a ganar a McGovern, con el lápiz en la mano los dejo hablar y hasta Alfredo se da cuenta y me dice que siga nomás, que haga como si él no estuviera, tiene el diario y se va a quedar todavía un rato, pero mi mujer no merece eso, a ella la escucho y le sonrío y me duele menos, le acepto ese beso un poquito húmedo que vuelve una y otra vez aunque cada día me canse más que me afeiten y debo lastimarle la boca, pobre querida. Hay que decir que el coraje de Liliana es mi mejor consuelo, verme ya muerto en sus ojos me quitaría este resto de fuerza con que puedo hablarle y devolverle alguno de sus besos, con que sigo escribiendo apenas se ha ido y empieza la rutina de las inyecciones y las palabritas simpáticas. Nadie se atreve a meterse con mi cuaderno, sé que puedo guardarlo bajo la almohada o en la mesa de noche, es mi capricho, hay que dejarlo puesto que el doctor Ramos, claro que hay que dejarlo, pobrecito, así se distrae.

O sea que el lunes o el martes, y el lugarcito en la bóveda el miércoles o el jueves. En pleno verano la Chacarita va a ser un horno y los muchachos la van a pasar mal, lo veo al Pincho con esos sacos cruzados y con hombreras que tanto lo divierten a Acosta, que por su parte se tendrá que trajear aunque le cueste, el rey de la campera poniéndose corbata y saco para acompañarme, eso va a ser grande. Y Fernandito, el trío

siempre que: con la condición de que □ **en seguida**: al instante
algo: alguna cosa □ **se empieza a ablandar**: empieza a ablandarse, a ponerse blando ≠ duro
los demás: los otros
quieren que hable; los dejo que cuenten
le va a ganar a: va a vencerle, a ser más fuerte
el **lápiz** le sirve para escribir en el cuaderno
hasta: incluso □ **se da cuenta**: lo nota, lo advierte □ **nomás** Am.: no más: simplemente □ **(me dice)...que siga** (yo), **...que haga** □ se leen las noticias en el **diario** □ **no merece eso**: es digna de más atención □ **sonrío** < sonreír □ **me duele**: sufro □ **le acepto**: de ella □ **una y otra vez**: repetidas veces, de cuando en cuando □ **aunque** + subj.: *même si* □ **canse**: *fatigue* □ **afeiten**: corten la barba □ **lastimarle**: herirle, hacerle daño en □ **hay que**: obligación □ **consuelo** < consolar □ **muerto** < morir ≠ vivo, en vida □ **quitaría**: privaría de
devolverle: darle un beso a cambio de los recibidos
sigo escribiendo: idea de continuidad □ **apenas**: justo después de que □ **palabritas**: dim. < palabras
nadie: *personne ne* □ **se atreve a**: osa □ **meterse con**: atacar □ **cuaderno**: hojas de papel para escribir □ **almohada**: cojín en que reposa la cabeza □ **puesto que**: ya que, dado que □ **el doctor Ramos** (s.e. dijo :) **claro que...**

o sea que: es decir, en conclusión □ **lugarcito** < lugar: el nicho en que se coloca el cadáver en la **bóveda** o cripta del conocido cementerio de la **Chacarita** en B.A. □ **...horno**: en la Chacarita hará un calor terrible □ **la van a pasar mal**: van a sufrir □ **sacos** Am.: chaquetas □ **hombreras**: *épaulettes rembourrées*
trajear: vestir bien, con traje completo
campera Am.: *blouson* □ **corbata**: alrededor del cuello
grande: magnífico, digno de verse

completo, y también Ramos, claro, hasta el final, y Alfredo llevando del brazo a Liliana y a mamá, llorando con ellas. Y será de veras, sé cómo me quieren, cómo les voy a faltar; no irán como fuimos al entierro del gordo Tresa, la obligación partidaria y algunas vacaciones compartidas, cumplir rápido con la familia y mandarse mudar de vuelta a la vida y al olvido. Claro que tendrán un hambre bárbaro, sobre todo Acosta que a tragón no le gana nadie; aunque les duela y maldigan este absurdo de morirse joven y en plena carrera, hay la reacción que todos hemos conocido, el gusto de volver a entrar en el subte o en el auto, de pegarse una ducha y comer con hambre y vergüenza a la vez, cómo negar el hambre que sigue a las trasnochadas, al olor de las flores del velorio y los interminables cigarrillos y los paseos por la vereda, una especie de desquite que siempre se siente en esos momentos y que yo nunca me negué porque hubiera sido hipócrita. Me gusta pensar que Fernandito, el Pincho y Acosta se van a ir juntos a una parrilla, seguro que van a ir juntos porque también lo hicimos cuando el gordo Tresa, los amigos tienen que seguir un rato, beberse un litro de vino y acabar con unas achuras; carajo, como si los estuviera viendo, Fernandito va a ser el primero en hacer un chiste y tragárselo de costado con medio chorizo, arrepentido pero ya tarde, y Acosta lo mirará de reojo pero el Pincho ya habrá soltado la risa, es una cosa que no sabe aguantar, y entonces Acosta que es un pan de dios se dirá que no tiene por qué pasar por un ejemplo delante de los muchachos y se reirá también antes de prender un cigarrillo. Y hablarán largo de mí, cada uno se acordará de tantas cosas, la vida que nos fue juntando a los cuatro aunque como

llevando del brazo a: dándole el brazo para que se apoye
será de veras: llorarán de verdad, sinceramente
faltar: ser necesario, *manquer* □ **gordo:** grueso
partidaria: por pertenecer al mismo partido político
compartidas: que pasamos con él □ **cumplir con:** respetar las conveniencias □ **mandarse mudar** Am.: irse □ **vuelta:** regreso
hambre: apetito, ganas de comer □ **bárbaro:** enorme □ **a tragón...:** nadie es más glotón, voraz que Acosta □ **maldigan** < maldecir □ **joven** ≠ viejo
volver a entrar: entrar de nuevo, otra vez
subte Am.: fam. subterráneo, metro □ **pegarse:** fam. tomarse
vergüenza: confusión, embarazo □ **a la vez:** juntos, al mismo tiempo □ **trasnochadas:** noches sin dormir □ **velorio:** acción de velar el cadáver □ **vereda** Am.: acera, parte lateral de la calle para los peatones □ **desquite:** revancha
nunca: jamás □ **me negué:** me rehusé □ **hubiera** = habría

juntos: *ensemble* □ **parrilla:** restaurante donde se sirve carne asada en brasas □ **hicimos** < hacer □ **cuando...** (fue el entierro de) □ **rato:** momento
acabar: terminar □ **achuras** Am.: menudos: vísceras, entrañas del animal, que se comen asadas □ **carajo:** interj.: caramba □ **chiste:** para hacer reír □ **tragárselo...:** lo interceptará comiendo chorizo □ **arrepentido:** con remordimiento □ **ya tarde:** muy tarde □ **de reojo:** con enfado y descontento □ **ya...la risa:** ya hábrá reído □ **aguantar:** resistir
es un pan de dios: es una persona muy buena
muchachos: compañeros
prender: encender
largo: largamente □ **se acordará de:** evocará en la memoria
juntando: reuniendo

siempre llena de huecos, de momentos que no todos compartimos y que asomarán en el recuerdo de Acosta o del Pincho, tantos años y broncas y amoríos, la barra. Les va a costar separarse después del almuerzo porque es entonces que volverá lo otro, la hora de irse a sus casas, el último, definitivo entierro. Para Alfredo va a ser distinto y no porque no sea de la barra, al contrario, pero Alfredo va a ocuparse de Liliana y de mamá y eso ni Acosta ni los demás pueden hacerlo, la vida va creando contactos especiales entre los amigos, todos han venido siempre a casa pero Alfredo es otra cosa, esa cercanía que siempre me hizo bien, su placer de quedarse largo charlando con mamá de plantas y remedios, su gusto por llevarlo al Pocho al zoológico o al circo, el solterón disponible, paquete de masitas y siete y medio cuando mamá no estaba bien, su confianza tímida y clara con Liliana, el amigo de los amigos que ahora tendrá que pasar esos dos días tragándose las lágrimas, a lo mejor llevándolo al Pocho a su quinta y volviendo en seguida para estar con mamá y Liliana hasta lo último. Al fin y al cabo le va a tocar ser el hombre de la casa y aguantarse todas las complicaciones empezando por la funeraria, esto tenía que pasar justo cuando el viejo anda por México o Panamá, vaya a saber si llega a tiempo para aguantarse el sol de las once en Chacarita, pobre viejo, de manera que será Alfredo el que lleve a Liliana porque no creo que la dejen ir a mamá, a Liliana del brazo, sintiéndola temblar contra su propio temblor, murmurándole todo lo que yo le habré murmurado a la mujer del gordo Tresa, la inútil necesaria retórica que no es consuelo ni mentira ni siquiera frases coherentes, un simple estar ahí, que es

llena de: con muchos
asomarán: aparecerán, surgirán □ **recuerdo**: memoria
broncas: rencores, discordias □ **amoríos**: aquí: grandes efusiones □ **barra** Am.: banda, grupo de amigos □ **almuerzo**: comida de mediodía □ **lo otro**: la otra cosa, lo demás

distinto: diferente

va creando: crea, origina poco a poco; crear ≠ creer

cercanía (< cerca): proximidad, presencia próxima □ **placer**: gusto □ **charlando**: hablando de cosas sin importancia
el parque **zoológico**
el solterón: el que pasa ya de la edad de casarse □ **masitas** Arg.: pasteles □ el **siete y medio** es un juego de cartas

tragándose: conteniendo, reprimiendo ≠ soltando
a lo mejor: posiblemente □ **quinta**: propiedad en el campo, con terrenos y casa
lo último: el final □ **...cabo**: en fin de cuentas □ **tocar**: corresponder, ser su turno □ **aguantarse**: soportar, cargar con
funeraria: agencia de entierros
el **viejo** Am.: el padre (término cariñoso) □ **anda por**: se encuentra en, pasea por
de manera que: de suerte que □ **será A. el que lleve**: *c'est... qui* + futuro □ **dejen**: plural impersonal
sintiéndola < sentir
habré: futuro hipotético, de suposición: he debido de murmurar
ni siquiera: *pas même*

tanto.

También para ellos lo peor va a ser la vuelta, antes hay la ceremonia y las flores, hay todavía contacto con esa cosa inconcebible llena de manijas y dorados, el alto frente a la bóveda, la operación limpiamente ejecutada por los del oficio, pero después es el auto de remise y sobre todo la casa, volver a entrar en casa sabiendo que el día va estancarse sin teléfono ni clínica, sin la voz de Ramos alargando la esperanza para Liliana, Alfredo hará café y le dirá que el Pocho está contento en la quinta, que le gustan los petisos y juega con los peoncitos, habrá que ocuparse de mamá y de Liliana pero Alfredo conoce cada rincón de la casa y seguro que se quedará velando en el sofá de mi escritorio, ahí mismo donde una vez lo tendimos a Fernandito víctima de un póker en el que no había visto una, sin hablar de los cinco coñacs compensatorios. Hace tantas semanas que Liliana duerme sola que tal vez el cansancio pueda más que ella. Alfredo no se olvidará de darles sedantes a Liliana y a mamá, estará la tía Zulema repartiendo manzanilla y tilo, Liliana se dejará ir poco a poco al sueño en ese silencio de la casa que Alfredo habrá cerrado concienzudamente antes de ir a tirarse en el sofá y prender otro de los cigarros que no se atreve a fumar delante de mamá por el humo que la hace toser.

En fin, hay eso de bueno, Liliana y mamá no estarán tan solas o en esa soledad todavía peor que es la parentela lejana invadiendo la casa del duelo; habrá la tía Zulema que siempre ha vivido en el piso de arriba, y Alfredo que también ha estado entre nosotros como si no estuviera, el amigo con llave propia; en las primeras horas tal vez será menos duro sentir irrevocablemente la

peor (≠ mejor): lo más duro

manijas: mangos para asir, coger □ **dorados**: adornos dorados □ **el alto**: la parada, la pausa □ **limpiamente**: con destreza y habilidad □ **oficio**: profesión (funeraria) □ **auto de remise**: coche de alquiler con chófer para el entierro
estancarse: detener su curso, inmovilizarse
alargando: haciendo más larga, prolongando

petisos Am.: caballos de poca altura
peoncitos: dim. < peones Am.: trabajadores agrícolas de una hacienda o quinta; aquí: los hijos de los peones
velando: sin dormir □ **escritorio**: habitación de la casa, destinada al trabajo □ **tendimos**: acostamos, extendimos
no había visto una: no había tenido ninguna suerte
compensatorios: de consuelo
tal vez: a lo mejor □ **cansancio**: fatiga □ **pueda más**: sea más fuerte □ **sedantes**: calmantes

manzanilla: *infusion de camomille* □ **tilo**: infusión de hojas del tilo, que facilita el sueño
concienzudamente: a conciencia, con mucho cuidado □ **tirarse**: echarse, tenderse
por: a causa de

soledad < solo
parentela: familia □ **lejana** ≠ próxima □ **invadiendo** > invasión □ **...duelo**: donde acaba de morir □ **vivir** en el primer, segundo **piso** de una casa
con llave propia: tiene su propia llave para abrir la puerta

ausencia que soportar un tropel de abrazos y de guirnaldas verbales, Alfredo se ocupará de poner distancias, Ramos vendrá un rato para ver a mamá y a Liliana, las ayudará a dormir y le dejará pastillas a la tía Zulema. En algún momento será el silencio de la casa a oscuras, apenas el reloj de la iglesia, una bocina a lo lejos porque el barrio es tranquilo. Es bueno pensar que va a ser así, que abandonándose de a poco a un sopor sin imágenes, Liliana va a estirarse con sus lentos gestos de gata, una mano perdida en la almohada húmeda de lágrimas y agua colonia, la otra junto a la boca en una recurrencia pueril antes del sueño. Imaginarla así hace tanto bien. Liliana durmiendo, Liliana al término del túnel negro, sintiendo confusamente que el hoy está cesando para volverse ayer, que esa luz en los visillos no será ya la misma que golpeaba en pleno pecho mientras la tía Zulema abría las cajas de donde iba saliendo lo negro en forma de ropa y de velos mezclándose sobre la cama con un llanto rabioso, una última, inútil protesta contra lo que aún tenía que venir. Ahora la luz de la ventana llegaría antes que nadie, antes que los recuerdos disueltos en el sueño y que sólo confusamente se abrirían paso en la última modorra. A solas, sabiéndose realmente a solas en esa cama y en esa pieza, en ese día que empezaba en otra dirección, Liliana podría llorar abrazada a la almohada sin que vinieran a calmarla, dejándola agotar el llanto hasta el final, y sólo mucho después, con un semisueño de engaño reteniéndola en el ovillo de las sábanas, el hueco del día empezaría a llenarse de café, de cortinas corridas, de la tía Zulema, de la voz del Pocho telefoneando desde la quinta con noticias sobre los girasoles y los caballos, un bagre

tropel: montón, gran cantidad
guirnaldas: *guirlandes*

ayudará: les dará algo para que puedan dormir

a oscuras: invadida por la oscuridad □ el **reloj** da la hora □ **bocina**: claxón □ **barrio**: zona de la ciudad
de a poco: poco después □ **sopor**: adormecimiento

gata: felino doméstico muy común, que se come los ratones □ **húmeda** ≠ seca □ **junto a**: muy cerca, contra
recurrencia pueril: retorno, repetición de algo de la infancia
al término de: al final, al cabo, al extremo de

volverse: convertirse en □ **visillos**: velos que cuelgan de las ventanas y tamizan la luz □ **no...ya**: no...más □ el corazón y los pulmones están en el **pecho** □ **cajas**: de cartón, para guardar vestidos o ropa □ los **velos** negros de las mujeres para el entierro □ **mezclándose**: juntándose □ **llanto** ≠ risa □ **rabioso**: furioso

disueltos < disolver □ **se abrirían paso**: asomarían
modorra: sopor, somnolencia
a solas: sin compañía

agotar el llanto: terminar de llorar totalmente
de engaño: falso, de mentira, de ilusión
ovillo: bola; para dormir, el gato se hace un ovillo
corridas < correr: se corren o se mueven a un lado de la ventana las cortinas para que penetre la luz
noticias: informaciones □ **girasoles**: *tournesols* □ **bagre**: pez

pescado después de ruda lucha, una astilla en la mano pero no era grave, le habían puesto el remedio de don Contreras que era lo mejor para esas cosas. Y Alfredo esperando en el líving con el diario en la mano, diciéndole que mamá había dormido bien y que Ramos vendría a las doce, proponiéndole ir por la tarde a verlo al Pocho, con ese sol valía la pena correrse hasta la quinta y en una de esas hasta podían llevarla a mamá, le haría bien el aire del campo, a lo mejor quedarse el fin de semana en la quinta, y por qué no todos, con el Pocho que estaría tan contento teniéndolos allí. Aceptar o no daba lo mismo, todos lo sabían y esperaban las respuestas que las cosas y el paso de la mañana iban dando, entrar pasivamente en el almuerzo o en un comentario sobre las huelgas de los textiles, pedir más café y contestar al teléfono que en algún momento habían tenido que conectar, el telegrama del suegro en el extranjero, un choque estrepitoso en la esquina, gritos y pitadas, la ciudad ahí afuera, las dos y media, irse con mamá y Alfredo a la quinta porque en una de esas la astilla en la mano, nunca se sabe con los chicos, Alfredo tranquilizándolas en el volante, don Contreras era más seguro que un médico para esas cosas, las calles de Ramos Mejía y el sol como un jarabe hirviendo hasta el refugio en las grandes piezas encaladas, el mate de las cinco y el Pocho con su bagre que empezaba a oler pero tan lindo, tan grande, qué pelea sacarlo del arroyo, mamá, casi me corta el hilo, te juro, mira qué dientes. Como estar hojeando un álbum o viendo una película, las imágenes y las palabras una tras otra rellenando el vacío, ahora va a ver lo que es el asado de tira de la Carmen, señora, livianito y tan sabroso, una ensalada de

grande que ha **pescado** en las aguas del río □ **astilla :** *écharde*

lo mejor ≠ lo peor
Le Monde es un **diario,** un periódico
diciéndole < decirle
vendría < venir
correrse : alejarse, ir hasta □ son 1500 km de París **hasta** Madrid □ **quinta :** casa de campo □ **en una... :** quizás □ **hasta :** incluso □ **haría** < hacer □ **a lo mejor :** quizás □ **quedarse :** permanecer
contento... : satisfecho de que estuvieran todos ahí
daba lo mismo : era igual, indiferente □ **esperaban :** aguardaban
respuestas : contestaciones □ **el paso... :** la mañana al pasar
a mediodía se toma el **almuerzo**
huelgas... : interrupciones voluntarias de trabajo en las fábricas textiles □ **pedir :** exigir □ **en algún momento :** en cualquier momento □ **conectar :** (aquí) volver a conectarlo □ **suegro :** el padre de Liliana □ **estrepitoso :** ruidoso □ dos calles forman una **esquina** □ **pitadas :** *coups de sifflet* □ **afuera :** al exterior

chicos : niños

jarabe : medicamento contra la tos □ **hirviendo :** muy caliente
encaladas : blanqueadas con cal □ **mate :** infusión del Río de la Plata □ **oler :** tener olor fuerte
lindo : bonito, bello □ **pelea :** batalla □ **arroyo :** río pequeño
casi... : por poco me rompe la cuerda de pescar, el sedal
hojeando... : mirando hoja por hoja □ **película :** film
rellenando : ocupando
vacío : espacio sin materia □ **asado de tira :** Am. *plat de côte grillé* □ **livianito :** Am. sin grasa □ **sabroso :** de buen sabor

lechuga y ya está, no hace falta más, con este calor más vale comer poco, trae el insecticida porque a esta hora los mosquitos. Y Alfredo ahí callado pero el Pocho, su mano palmeándolo al Pocho, vos viejo sos el campeón de la pesca, mañana vamos juntos tempranito y en una de esas quién te dice, me contaron de un paisano que pescó uno de dos kilos. Aquí bajo el alero se está bien, mamá puede dormir un rato en la mecedora si quiere, don Contreras tenía razón, ya no tenés nada en la mano, mostranos cómo lo montás al petiso tobiano, mirá mamá, mirame cuando galopo, por qué no venís con nosotros a pescar mañana, yo te enseño, vas a ver, el viernes con un sol rojo y los bagrecitos, la carrera entre el Pocho y el chico de don Contreras, el puchero a mediodía y mamá ayudando despacito a pelar los choclos, aconsejando sobre la hija de la Carmen que estaba con esa tos rebelde, la siesta en las piezas desnudas que olían a verano, la oscuridad contra las sábanas un poco ásperas, el atardecer, bajo el alero y la fogata contra los mosquitos, la cercanía nunca manifiesta de Alfredo, esa manera de estar ahí y ocuparse del Pocho, de que todo fuera cómodo, hasta el silencio que su voz rompía siempre a tiempo, su mano ofreciendo un vaso de refresco, un pañuelo, encendiendo la radio para escuchar el noticioso, las huelgas y Nixon, era previsible, qué país.

El fin de semana y en la mano del Pocho apenas una marca de la astilla, volvieron a Buenos Aires el lunes muy temprano para evitar el calor, Alfredo los dejó en la casa para irse a recibir al suegro. Ramos también estaba en Ezeiza y Fernandito, que ayudó en esas horas del encuentro porque era bueno que hubiera otros

lechuga: ensalada verde □ **hace falta**: es necesario
vale: (aquí) conviene □ **trae**: dame
mosquitos: insectos que pican □ **callado**: silencioso
palmeándolo: dándole golpes amistosos con la mano □ **vos sos**: Am. tú eres □ Prost es un **campeón** □ **tempranito** ≠ muy tarde
me contaron: alguien me contó □ **paisano**: hombre de por aquí
alero: borde del tejado
rato: momento □ **mecedora**: silla para balancearse
tenés: Arg. tienes
mostranos, montás: Arg. muéstranos, montas □ **petiso tobiano**: Arg. caballo poco alto con manchas de dos colores □ **mirá, mirame, venís**: Arg. mira, mírame, vienes □ **enseño**: muestro una **carrera** ciclista
chico: (aquí) hijo □ **puchero**: *sorte de pot-au-feu*
despacito: lentamente
choclos: maíz □ **aconsejando**: dando consejos
estaba...: no dejaba de toser
desnudas: vacías □ **verano**: estío
ásperas: rugosas
fogata: fuego □ **cercanía**: proximidad

cómodo: fácil
rompía: interrumpía □ **a tiempo**: en tiempo oportuno
refresco: bebida fresca □ agitar su **pañuelo** para decir adiós
noticioso: Am. informaciones

volvieron: regresaron
dejó en: llevó a

y Fernandito (estaba también) □ **ayudó**: fue útil
encuentro: circunstancias en que estaban juntos

amigos en la casa. Acosta a las nueve con su hija que podía jugar con el Pocho en el piso de la tía Zulema, todo se iba dando más amortiguado, volver atrás pero de otra manera, con Liliana obligándose a pensar en los viejos más que en ella, controlándose, y Alfredo entre ellos con Acosta y Fernandito desviando los tiros directos, cruzándose para ayudar a Liliana, para convencerlo al viejo de que descansara después de tamaño viaje, yéndose de a uno hasta que solamente Alfredo y la tía Zulema, la casa callada, Liliana aceptando una pastilla, dejándose llevar a la cama sin haber aflojado una sola vez, durmiéndose casi de golpe como después de algo cumplido hasta lo último. Por la mañana eran las carreras del Pocho en el líving, arrastrar de las zapatillas del viejo, la primera llamada telefónica, casi siempre Clotilde o Ramos, mamá quejándose del calor o la humedad, hablando del almuerzo con la tía Zulema, a las seis Alfredo, a veces el Pincho con su hermana o Acosta para que el Pocho jugara con su hija, los colegas del laboratorio que reclamaban a Liliana, había que volver a trabajar y no seguir encerrada en la casa, que lo hiciera por ellos, estaban faltos de químicos y Liliana era necesaria, que viniera medio día en todo caso hasta que se sintiera con más ánimo; Alfredo la llevó la primera vez, Liliana no tenía ganas de manejar, después no quiso ser molesta y sacó el auto, a veces salía con el Pocho por la tarde, lo llevaba al zoológico o al cine, en el laboratorio le agradecían que les diera una mano con las nuevas vacunas, un brote epidémico en el litoral, quedarse hasta tarde trabajando, tomándole gusto, una carrera en equipo contra el reloj, veinte cajones de ampollas a Rosario, lo hicimos, tarea, el Pocho en el

Acosta (llegó)
el primer **piso** de un rascacielos que cuenta con 50
todo...: todo tenía un aspecto atenuado □ **volver atrás**: regresar al pasado □ **pensar en**

desviando...: apartando las alusiones
cruzándose: coordinándose y cooperando □ **convencerlo**: persuadirlo □ **descansara**: reposara □ **tamaño**: tan grande, tan largo □ **viaje**: trayecto □ **yéndose...**: partiendo uno por uno
una pastilla de somnífero
...aflojado: sin mostrar debilidad, flaqueza
durmiéndose < dormir □ **de golpe**: súbitamente
cumplido: realizado □ **hasta lo último**: hasta el final
arrastrar...: el abuelo que, al andar, frotaba sus pantuflas en el suelo
quejándose: lamentándose
humedad < húmedo ≠ seco
a veces: algunas veces □ mis padres son tus padres, eres mi **hermana** □ una **hija** adoptiva
había que: era preciso
no seguir encerrada: no continuar absteniéndose de salir
estaban faltos de: no tenían en número suficiente □ Marie y Pierre Curie fueron famosos físicos y **químicos**
ánimo: brío, energía
no tenía ganas de: no deseaba □ **manejar**: Am. conducir el coche □ **quiso** < querer □ **ser molesta**: fastidiar □ **sacó**: (aquí) tomó, utilizó
agradecían: daban las gracias □ **diera una mano**: ayudara
la vacuna antirábica de Pasteur □ **brote epidémico**: las primeras manifestaciones de la epidemia
cajones... tarea: grandes cajas con medicamento inyectable, enviadas a Rosario, no fue poca cosa

colegio y Alfredo protestando, a estos chicos les enseñan de otra manera la aritmética, me hace cada pregunta que me deja tieso, y los viejos con el dominó, en nuestros tiempos todo era diferente, Alfredo, nos enseñaban caligrafía y mire la letra que tiene este chico, adónde vamos a parar. La recompensa silenciosa de mirarla a Liliana perdida en un sofá, una simple ojeada por encima del diario y verla sonreír, cómplice sin palabras, dándole la razón a los viejos, sonriéndole desde lejos casi como una chiquilina. Pero por primera vez una sonrisa de verdad, desde adentro como cuando fueron al circo con el Pocho que había mejorado en el colegio y lo llevaron a tomar helados, a pasear por el puerto. Empezaban los grandes fríos, Alfredo iba menos seguido a la casa porque había problemas sindicales y tenía que viajar a las provincias, a veces venía Acosta con su hija y los domingos el Pincho o Fernandito, ya no importaba, todo el mundo tenía tanto que hacer y los días eran cortos, Liliana volvía tarde del laboratorio y le daba una mano al Pocho perdido en los decimales y la cuenca del Amazonas, al final y siempre Alfredo, los regalitos para los viejos, esa tranquilidad nunca dicha de sentarse con él cerca del fuego ya tarde y hablar en voz baja de los problemas del país, de la salud de mamá, la mano de Alfredo apoyándose en el brazo de Liliana, te cansás demasiado, no tenés buena cara, la sonrisa agradecida negando, un día iremos a la quinta, este frío no puede durar toda la vida, nada podía durar toda la vida aunque Liliana lentamente retirara el brazo y buscara los cigarrillos en la mesita, las palabras casi sin sentido, los ojos encontrándose de otra manera hasta que de nuevo la mano resbalando por el brazo, las

me hace cada pregunta: me hace preguntas extrañas
tieso: rígido (aquí) sin respuesta

letra: escritura
adónde vamos a parar: qué va a ser de nosotros
ojeada: mirada rápida
por encima de ≠ por debajo de □ **sonreír** como la Gioconda

chiquilina: Am. chiquilla, chica
sonrisa > sonreír □ **de verdad**: real, verdadero □ **desde adentro**: del interior □ **fueron** < ir □ **mejorado**: progresado
son famosos los **helados** italianos, la cassata etc.
iba menos seguido: iba menos regularmente, menos veces

cortos ≠ largos

la cuenca del Amazonas se llama Amazonia
regalitos: pequeños presentes □ **dicha** < decir: expresar
cerca de ≠ lejos de
la **salud** de los pacientes es la primera preocupación de los médicos □ **apoyándose**: haciendo presión
cansás: Arg. cansas □ **tenés**: Arg. tienes □ la **buena cara** indica la buena salud □ **negando**: diciendo lo contrario

resbalando por...: moviéndose por el brazo y acariciándolo

cabezas juntándose y el largo silencio, el beso en la mejilla.

No había nada que decir, había ocurrido así no había nada que decir. Inclinándose para encenderle el cigarrillo que le temblaba entre los dedos, simplemente esperando sin hablar, acaso sabiendo que no habría palabras, que Liliana haría un esfuerzo para tragar el humo y lo dejaría salir con un quejido, que empezaría a llorar ahogadamente, desde otro tiempo, sin separar la cara de la cara de Alfredo, sin negarse y llorando callada, ahora solamente para él, desde todo lo otro que él comprendería. Inútil murmurar cosas tan sabidas, Liliana llorando era el término, el borde desde donde iba a empezar otra manera de vivir. Si calmarla, si devolverla a la tranquilidad hubiera sido tan simple como escribirlo con las palabras alineándose en un cuaderno como segundos congelados, pequeños dibujos del tiempo para ayudar el paso interminable de la tarde, si solamente fuera eso pero la noche llega y también Ramos, increíblemente la cara de Ramos mirando los análisis apenas terminados, buscándome el pulso, de golpe otro, incapaz de disimular, arrancándome las sábanas para mirarme desnudo, palpándome el costado, con una orden incomprensible a la enfermera, un lento, incrédulo reconocimiento al que asisto como desde lejos, casi divertido, sabiendo que no puede ser, que Ramos se equivoca y que no es verdad, que sólo era verdad lo otro, el plazo que no me había ocultado, y la risa de Ramos, su manera de palparme como si no pudiera admitirlo, su absurda esperanza, esto no me lo va a creer nadie, viejo, y yo forzándome a reconocer que a lo mejor es así que en una de esas vaya a saber, mirándolo

juntándose: uniéndose
mejilla: parte carnosa a cada lado de la nariz
ocurrido: pasado, sucedido
encenderle: inflamarle
le temblaba: le trepidaba □ cinco **dedos** en cada mano
acaso: quizás, tal vez
haría...: se esforzaría por absorber □ **humo**: vapor de combustión □ **quejido**: lamento
ahogadamente: sofocando
sin negarse: aceptando abandonarse
todo lo otro: todo el resto

término: fin
devolverla: (aquí) traerla de nuevo a

alineándose: puestas en línea recta □ **cuaderno**: *cahier*
congelados: inmovilizados □ los **dibujos** de Daumier

increíblemente < creíble < creer
tomar el **pulso** para ver como late el corazón □ **otro**: hecho otro hombre □ **arrancándome...**: levantando brutalmente mis...
dar **una orden**: mandar

reconocimiento < reconocer: auscultar
divertido: divirtiéndome, de buen humor
se equivoca: comete un error
plazo: (aquí) el tiempo que me quedaba □ **ocultado**: disimulado

a Ramos que se endereza y se vuelve a reír y suelta órdenes con una voz que nunca le había oído en esa penumbra y esa modorra, teniendo que convencerme poco a poco de que sí, de que entonces voy a tener que pedírselo, apenas se vaya la enfermera voy a tener que pedirle que espere un poco, que espere por lo menos a que sea de día antes de decírselo a Liliana, antes de arrancarla a ese sueño en el que por primera vez no está más sola, a esos brazos que la aprietan mientras duerme.

se endereza: se levanta de nuevo □ **suelta...**: da...

modorra: sueño pesado □ **convencerme**: persuadirme

pedírselo (a Ramos) □ **apenas**: en cuanto, tan pronto como

arrancarla a: sacarla violentamente de
aprietan: abrazan □ **mientras duerme**: durante su sueño

Grammaire au fil des nouvelles

Traduisez les phrases suivantes inspirées du texte (le premier chiffre renvoie aux pages, les suivants aux lignes ; les chiffres en gras renvoient à la Grammaire active de l'espagnol *publiée au Livre de Poche).*

***Le moment venu, ce sera* Alfredo *qui* emmènera Liliana par le bras** (prop. part., 34 - 2, **230** ; c'est... qui ; relat. au futur : subj., 40 - 25, **298-212**).

Le liquide rose pénètre peu à peu dans mes veines (progression ; possession, 34 - 9, **236-260**).

***Ne* dis *rien* à Liliana, pourquoi *le lui* dire ?** (nég. ; défense ; pron., 34 - 18,20, **76-204-156**).

Je peux penser n'importe quoi, *du moment que* je l'écris (30 - 6, **80-304**).

Je les laisse raconter (v. d'ordre + subj., 36 - 6, **224**).

***Il me dit de faire* comme s'il n'était pas là** (v. d'ordre ; *como si* + subj., 36 - 9, **208-210**).

Acosta *devra* s'habiller *même s'il* lui en coûte (oblig. ; *aunque* + subj., 36 - 29, **250-322**).

Fernando va être le premier *à* plaisanter (prép., 38 - 22, **210**).

Il aimait rester à parler avec maman ; il *devra* passer ces deux jours à avaler ses larmes (oblig. ; gér. ; poss., 40 - 12, **250-232-260**).

Pour eux, *le* pire va être le retour (prép. ; *lo; ir a* + inf., 42 - 1, **128-20-112**).

Il *faudra de nouveau* entrer dans la maison (42 - 2, **252-240**).

Alfredo n'oubliera pas de donner des calmants à maman et à Liliana (pron., 42 - 18, **156**).

Il allumera *une autre* cigarette (omission de l'art., 42 - 23, **24**).

Elle pourrait dormir *sans qu'on* vienne la calmer (subj., 44 - 25, **206**).

Cela valait la peine *de* pousser *jusqu'à* la ferme et ils pouvaient *même* emmener maman (prép. ; *hasta; a* devant c.o.d. ; 46 - 6,7, **116-130-136**).

Il fallait *convaincre* le père *de* se reposer après *un si grand* voyage (v. d'ordre + subj. ; c.d.t. ; om. de l'art., 50 - 8, **224-216-24**).

Ils la remerciaient de les aider (complét. subj., 50 - 27, **208-224**).

Después del almuerzo

Después del almuerzo yo hubiera querido quedarme en mi cuarto leyendo, pero papá y mamá vinieron casi en seguida a decirme que esa tarde tenía que llevarlo de paseo.

Lo primero que contesté fue que no, que lo llevara otro, que por favor me dejaran estudiar en mi cuarto. Iba a decirles otras cosas, explicarles por qué no me gustaba tener que salir con él, pero papá dio un paso adelante y se puso a mirarme en esa forma que no puedo resistir, me clava los ojos y yo siento que se me van entrando cada vez más hondo en la cara, hasta que estoy a punto de gritar y tengo que darme vuelta y contestar que sí, que claro, en seguida. Mamá en esos casos no dice nada y no me mira, pero se queda un poco atrás con las dos manos juntas, y yo le veo el pelo gris que le cae sobre la frente y tengo que darme vuelta y contestar que sí, que claro, en seguida. Entonces se fueron sin decir nada más y yo empecé a vestirme, con el único consuelo de que iba a estrenar unos zapatos amarillos que brillaban y brillaban.

Cuando salí de mi cuarto eran las dos, y tía Encarnación dijo que podía ir a buscarlo a la pieza del fondo, donde siempre le gusta meterse por la tarde. Tía Encarnación debía darse cuenta de que yo estaba desesperado por tener que salir con él, porque me pasó la mano por la cabeza y después se agachó y me dio un beso en la frente. Sentí que me ponía algo en el bolsillo.

—Para que te compres alguna cosa —me dijo al oído—. Y no te olvides de darle un poco, es preferible.

Yo la besé en la mejilla, más contento, y pasé delante

almuerzo: comida de mediodía □ **hubiera**: habría □ **quedarme...**: permanecer en mi dormitorio □ **vinieron** < venir
en seguida: inmediatamente □ **tenía que...**: me era necesario
el **paseo** de los Ingleses en Niza
contesté: respondí □ **llevara**: condujera
dejaran: permitieran
iba < ir
gustaba: agradaba □ **salir**: (aquí) ir de paseo □ **dio...**: avangó un paso
me clava...: fija intensamente la mirada en mí □ **se me...**: van penetrándome □ **cada vez...**: siempre más profundo
a punto de (inminencia) □ **gritar**: vociferar □ **darme...**: Am. volverme □ **claro**: naturalmente

atrás: (aquí) sin intervenir □ **juntas**: unidas □ **pelo**: cabellos
cae: desciende □ los ojos están bajo la **frente**
entonces: *alors*
se fueron < irse □ **empecé** < empezar: comenzar
consuelo < consolar = alivio □ **estrenar**: usar por primera vez
tener buenos **zapatos** para andar □ el oro es **amarillo**
salí ≠ entré □ **tía**: hermana del padre o de la madre
dijo < decir □ **ir a buscarlo**: ir por él
siempre: eternamente □ **meterse**: refugiarse □ **tarde**: entre mañana y noche □ **darse cuenta de**: comprender
por tener: porque tenía
cabeza: cráneo □ **se agachó**: se inclinó
el **beso** de Judas □ **algo** ≠ nada
el bolsillo: *poche*
compres: adquieras pagando
el **oído** sirve para oir □ **no te olvides**: recuerda

la besé: le di un beso □ **mejilla**: parte carnosa de la cara

de la puerta de la sala donde estaban papá y mamá jugando a las damas. Creo que les dije hasta luego, alguna cosa así, y después saqué el billete de cinco pesos para alisarlo bien y guardarlo en mi cartera donde ya había otro billete de un peso y monedas.

Lo encontré en un rincón del cuarto, lo agarré lo mejor que pude y salimos por el patio hasta la puerta que daba al jardín de adelante. Una o dos veces sentí la tentación de soltarlo, volver adentro y decirles a papá y mamá que él no quería venir conmigo, pero estaba seguro de que acabarían por traerlo y obligarme a ir con él hasta la puerta de calle. Nunca me habían pedido que lo llevara al centro, era injusto que me lo pidieran porque sabían muy bien que la única vez que me habían obligado a pasearlo por la vereda había ocurrido esa cosa horrible con el gato de los Alvarez. Me parecía estar viendo todavía la cara del vigilante hablando con papá en la puerta, y después papá sirviendo dos vasos de caña, y mamá llorando en su cuarto. Era injusto que me lo pidieran.

Por la mañana había llovido y las veredas de Buenos Aires están cada vez más rotas, apenas se puede andar sin meter los pies en algún charco. Yo hacía lo posible para cruzar por las partes más secas y no mojarme los zapatos nuevos, pero en seguida vi que a él le gustaba meterse en el agua, y tuve que tironear con todas mis fuerzas para obligarlo a ir de mi lado. A pesar de eso consiguió acercarse a un sitio donde había una baldosa un poco más hundida que las otras, y cuando me di cuenta ya estaba completamente empapado y tenía hojas secas por todas partes. Tuve que pararme, limpiarlo, y todo el tiempo sentía que los vecinos estaban mirando

tomar la **puerta** es irse ☐ se reciben visitas en la **sala**
creo < creer : imaginar ☐ **hasta luego** : *à bientôt*
saqué : tomé ☐ **peso** : antigua unidad monetaria argentina
alisar < liso ☐ **guardarlo** : depositarlo ☐ **cartera** : billetero

encontré : descubrí ☐ **rincón** : ángulo ☐ **agarré** : cogí, tomé fuertemente ☐ **pude** < poder ☐ el **patio** de los Leones en la Alhambra ☐ **daba al** ☐ **adelante** : delante de la casa
soltarlo : dejarlo en libertad ☐ **volver...** : regresar al interior

seguro : cierto ☐ **acabarían...** : terminarían... ☐ **traerlo** : *le ramener* ☐ la **calle** de Rivoli ☐ **nunca** : jamás ☐ **pedido** : exigido

vereda : Am. acera, donde circulan los peatones ☐ **ocurrido** : pasado ☐ un **gato** siamés o persa
todavía : aún ☐ **cara** : faz, rostro ☐ **vigilante** : guardia
la copa tiene pie, el **vaso** no
caña : Am. bebida alcohólica de caña de azúcar ☐ **llorando** ≠ riendo
llovido : caído agua
rotas : en estado lamentable ☐ **andar** : caminar
meter : poner ☐ **charco** : pequeño depósito de agua
cruzar : (aquí) pasar ☐ **mojarme** : humedecerme

tuve que : me fue necesario ☐ **tironear** : Am. dar tirones, tiros violentos ☐ **fuerzas** : vigor ☐ **de mi lado** : por donde iba yo ☐ **a pesar de** : *malgré* ☐ **consiguió** : pudo ☐ **baldosa** : *dalle*
la torre de Pisa está en parte **hundida** en la tierra
estaba (él) empapado : mojado ☐ los árboles pierden sus **hojas**
pararme : dejar de andar ☐ **limpiarlo** : quitarle lo sucio, rectificar su estado ☐ **vecinos** : la gente de las casas

desde los jardines, sin decir nada pero mirando. No quiero mentir, en realidad no me importaba tanto que nos miraran (que lo miraran a él, y a mí que lo llevaba de paseo); lo peor era estar ahí parado, con un pañuelo que se iba mojando y llenando de manchas de barro y pedazos de hojas secas, y teniendo que sujetarlo al mismo tiempo para que no volviera a acercarse al charco. Además yo estoy acostumbrado a andar por las calles con las manos en los bolsillos del pantalón, silbando o mascando chicle, o leyendo las historietas mientras con la parte de abajo de los ojos voy adivinando las baldosas de las veredas que conozco perfectamente desde mi casa hasta el tranvía, de modo que sé cuándo paso delante de la casa de la Tita o cuándo voy a llegar a la esquina de Carabobo. Y ahora no podía hacer nada de eso, y el pañuelo me empezaba a mojar el forro del bolsillo y sentía la humedad en la pierna, era como para no creer en tanta mala suerte junta.

A esa hora el tranvía viene bastante vacío, y yo rogaba que pudiéramos sentarnos en el mismo asiento, poniéndolo a él del lado de la ventanilla para que molestara menos. No es que se mueva demasiado, pero a la gente le molesta lo mismo y yo comprendo. Por eso me afligí al subir, porque el tranvía estaba casi lleno y no había ningún asiento doble desocupado. El viaje era demasiado largo para quedarnos en la plataforma, el guarda me hubiera mandado que me sentara y lo pusiera en alguna parte; así que lo hice entrar en seguida y lo llevé hasta un asiento del medio donde una señora ocupaba el lado de la ventanilla. Lo mejor hubiera sido sentarme detrás de él para vigilarlo, pero el tranvía

peor ≠ mejor □ **parado**: inmóvil □ el **pañuelo** seca las lágrimas
las manchas de la piel del tigre □ **barro**: tierra con agua, lodo
pedazos: fragmentos □ **sujetarlo**: agarrarlo
volviera...: se acercara de nuevo
además: por otra parte □ **estoy acostumbrado a**: suelo

silbando como un mirlo □ **chicle**: goma de mascar □ **historietas** como Astérix □ **de abajo**: inferior □ **voy** + gerundio (forma progresiva)
el **tranvía** circula con electricidad □ **de modo...**: de manera...
delante de ≠ detrás de □ **Tita**: infantil por Tía
esquina: cruce de dos calles

forro: tela interior □ **humedad** < húmedo: mojado
tener **piernas** para andar □ **era como para**: *il y avait de quoi*

viene: llega □ **vacío**: sin gente, sin viajeros
rogaba (aquí) deseaba □ un banco es un **asiento**
lado: parte □ mirar el paisaje por la **ventanilla** de un vehículo
molestara: importunara □ **demasiado**: excesivamente
lo mismo: a pesar de todo □ **por eso**: por este motivo
al subir: cuando subí □ **lleno** ≠ vacío
desocupado: libre
largo ≠ corto
guarda: Am. cobrador de tranvía □ **mandado**: ordenado
pusiera < poner □ **así que**: de manera que
medio: parte central

vigilarlo: observarlo, controlarlo

estaba lleno y tuve que seguir adelante y sentarme bastante más lejos. Los pasajeros no se fijaban mucho, a esa hora la gente va haciendo la digestión y está medio dormida con los barquinazos del tranvía. Lo malo fue que el guarda se paró al lado del asiento donde yo lo había instalado, golpeando con una moneda en el fierro de la máquina de los boletos, y yo tuve que darme vuelta y hacerle señas de que viniera a cobrarme a mí, mostrándole la plata para que comprendiera que tenía que darme dos boletos, pero el guarda era uno de esos chinazos que están viendo las cosas y no quieren entender, dale con la moneda golpeando contra la máquina. Me tuve que levantar (y ahora dos o tres pasajeros me miraban) y acercarme al otro asiento. « Dos boletos », le dije. Cortó uno, me miró un momento, y después me alcanzó el boleto y miró para abajo, medio de reojo. « Dos, por favor », repetí, seguro de que todo el tranvía estaba enterado. El chinazo cortó el otro boleto y me lo dio, iba a decirme algo pero yo le alcancé la plata justa y me volví en dos trancos a mi asiento, sin mirar para atrás. Lo peor era que a cada momento tenía que darme vuelta para ver si seguía quieto en el asiento de atrás, y con eso iba llamando la atención de algunos pasajeros. Primero decidí que sólo me daría vuelta al pasar cada esquina, pero las cuadras me parecían terriblemente largas y a cada momento tenía miedo de oir alguna exclamación o un grito, como cuando el gato de los Alvarez. Entonces me puse a contar hasta diez, igual que en las peleas, y eso venía a ser más o menos media cuadra. Al llegar a diez me daba vuelta disimuladamente, por ejemplo arreglándome el cuello de la camisa o metiendo la mano en el bolsillo del

seguir adelante: avanzar más
bastante: asaz □ **lejos** ≠ cerca □ **los pasajeros...**: la gente del tranvía no prestaba mucha atención □ **medio dormida**: dormida a medias □ **barquinazos**: sacudidas, tumbos
se paró: cesó, dejó de avanzar
golpeando: chocando □ **fierro**: Am. hierro (metal)
boletos: Am. billetes
señas: señales, signos □ **cobrarme**: hacerme pagar los billetes
plata: Am. dinero en metálico

chinazo < Am. chino: mestizo (-azo: peyorativo)
entender: comprender □ **dale...**: *et de taper de plus belle avec la pièce*
acercarme < cerca ≠ lejos
cortó: rompió
alcanzó: pasó, alargó
de reojo: con disimulo
enterado: al corriente, al tanto

volví: regresé □ **a trancos**: a pasos largos
para atrás: por detrás
seguía quieto (él): estaba tranquilo todavía
iba (yo) llamando

cuadras: Am. bloques de casas

miedo: aprensión, temor □ **como cuando...** como cuando pasó esa cosa horrible con el gato de los Alvarez
peleas: combates (boxeo) □ **venía a ser**: representaba

arreglándome: poniéndome correcto
cuello: *col*

saco, cualquier cosa que diera la impresión de un tic nervioso o algo así.

Como a las ocho cuadras no sé por qué me pareció que la señora que iba del lado de la ventanilla se iba a bajar. Eso era lo peor, porque le iba a decir algo para que la dejara pasar, y cuando él no se diera cuenta o no quisiera darse cuenta, a lo mejor la señora, se enojaba y quería pasar a la fuerza, pero yo sabía lo que iba a ocurrir en ese caso y estaba con los nervios de punta, de manera que empecé a mirar para atrás antes de llegar a cada esquina, y en una de esas me pareció que la señora estaba ya a punto de levantarse, y hubiera jurado que le decía algo porque miraba de su lado y yo creo que movía la boca. Justo en ese momento una vieja gorda se levantó de uno de los asientos cerca del mío y empezó a andar por el pasillo, y yo iba detrás queriendo empujarla, darle una patada en las piernas para que se apurara y me dejara llegar al asiento donde la señora había agarrado una canasta o algo que tenía en el suelo y ya se levantaba para salir. Al final creo que la empujé, la oí que protestaba, no sé cómo llegué al lado del asiento y conseguí sacarlo a tiempo para que la señora pudiera bajarse en la esquina. Entonces lo puse contra la ventanilla y me senté a su lado, tan feliz aunque cuatro o cinco idiotas me estuvieran mirando desde los asientos de adelante y desde la plataforma donde a lo mejor el chinazo les había dicho alguna cosa.

Ya andábamos por el Once, y afuera se veía un sol precioso y las calles estaban secas. A esa hora si yo hubiera viajado solo me habría largado del tranvía para seguir a pie hasta el centro, para mí no es nada ir a pie desde el Once a Plaza de Mayo, una vez que me tomé el

saco: Am. chaqueta □ **cualquier cosa**: *n'importe quoi* □ **diera** < dar
a las ocho...: al cabo de...

bajar ≠ subir □ **le**: a él
(él) **la dejara pasar** □ **se diera cuenta**: se enterara, comprendiera
quisiera < querer □ **a lo mejor**: quizás □ **se enojaba**: se encolerizaba, se airaba
de punta: *en pelote*
antes de ≠ después de
en una de esas: inopinadamente

abrir la **boca** para hablar □ **gorda**: corpulenta
el mío: mi asiento
el pasillo circula entre los asientos
empujarla: ejercer una presión sobre ella □ **patada**: golpe dado con el pie □ **se apurara**: se apresurara, se diera prisa
agarrado: asido □ **canasta**: *panier* □ el **suelo** natal
levantarse ≠ sentarse □ **al final**: al fin

me senté: tomé asiento □ **tan feliz**: muy feliz
desde: a partir de

dicho < decir
afuera: al exterior □ el **sol** era Ra para los egipcios
precioso: magnífico, lindo
viajado: hecho el itinerario □ **largado**: fam. ido, marchado
no es nada: es poca cosa
en la **Plaza de Mayo** está el palacio de Gobierno en B.A.

tiempo le puse justo treinta y dos minutos, claro que corriendo de a ratos y sobre todo al final. Pero ahora en cambio tenía que ocuparme de la ventanilla, porque un día alguien había contado que era capaz de abrir de golpe la ventanilla y tirarse afuera, nada más que por el gusto de hacerlo, como tantos otros gustos que nadie se explicaba. Una o dos veces me pareció que estaba a punto de levantar la ventanilla, y tuve que pasar el brazo por detrás y sujetarla por el marco. A lo mejor eran cosas mías, tampoco quiero asegurar que estuviera por levantar la ventanilla y tirarse. Por ejemplo, cuando lo del inspector me olvidé completamente del asunto y sin embargo no se tiró. El inspector era un tipo alto y flaco que apareció por la plataforma delantera y se puso a marcar los boletos con ese aire amable que tienen algunos inspectores. Cuando llegó a mi asiento le alcancé los dos boletos y él marcó uno, miró para abajo, después miró el otro boleto, lo fue a marcar y se quedó con el boleto metido en la ranura de la pinza, y todo el tiempo yo rogaba que lo marcara de una vez y me lo devolviera, me parecía que la gente del tranvía nos estaba mirando cada vez más. Al final lo marcó encogiéndose de hombros, me devolvió los dos boletos, y en la plataforma de atrás oí que alguien soltaba una carcajada, pero naturalmente no quise darme vuelta, volví a pasar el brazo y sujeté la ventanilla, haciendo como que no veía más al inspector y a todos los otros. En Sarmiento y Libertad se empezó a bajar la gente, y cuando llegamos a Florida ya no había casi nadie. Esperé hasta San Martín y lo hice salir por la plataforma delantera, porque no quería pasar al lado del chinazo que a lo mejor me decía alguna cosa.

claro: evidentemente
de a ratos: por momentos □ **en cambio**: al contrario

alguien ≠ nadie □ **capaz** > capacidad □ **de golpe**: bruscamente
tirarse: lanzarse, echarse □ **nada más que**: sólo
gusto: placer □ **nadie** ≠ alguien
estaba (él)

sujetarla: agarrarla □ **marco**: armadura
asegurar: afirmar □ **estuviera por**: estuviera tentado por

lo del: el episodio del □ **asunto**: problema
sin embargo: no obstante □ **alto** ≠ bajo
flaco ≠ gordo □ **delantera**: anterior
marcar el billete para que no se utilice de nuevo

se quedó con: guardó, retuvo
ranura: raya, hendedura
de una vez: definitivamente
devolviera: restituyera

encogiéndose de hombros: *haussant les épaules*
soltaba una carcajada: emitía una risa fuerte, una risotada
quise < querer

como que + ind. = como si + subj. □ el **inspector** mira si los viajeros llevan billete
has comido todo el pan, **ya no** hay
esperé: aguardé

me decía: iba a decirme

A mí me gusta mucho la Plaza de Mayo, cuando me hablan del centro pienso en seguida en la Plaza de Mayo. Me gusta por las palomas, por la Casa de Gobierno y porque trae tantos recuerdos de historia, de las bombas que cayeron cuando hubo revolución, y los caudillos que habían dicho que iban a atar sus caballos en la Pirámide. Hay maniseros y tipos que venden cosas, en seguida se encuentra un banco vacío y si uno quiere puede seguir un poco más y al rato llega al puerto y ve los barcos y los guinches. Por eso pensé que lo mejor era llevarlo a la Plaza de Mayo, lejos de los autos y los colectivos, y sentarnos un rato ahí hasta que fuera hora de ir volviendo a casa. Pero cuando bajamos del tranvía y empezamos a andar por San Martín sentí como un mareo, de golpe me daba cuenta de que me había cansado terriblemente, casi una hora de viaje y todo el tiempo teniendo que mirar hacia atrás, hacerme el que no veía que nos estaban mirando, y después el guarda con los boletos, y la señora que se iba a bajar, y el inspector. Me hubiera gustado tanto poder entrar en una lechería y pedir un helado o un vaso de leche, pero estaba seguro de que no iba a poder, que me iba a arrepentir si lo hacía entrar en un local cualquiera donde la gente estaría sentada y tendría más tiempo para mirarnos. En la calle la gente se cruza y cada uno sigue viaje, sobre todo en San Martín que está lleno de bancos y oficinas y todo el mundo anda apurado con portafolios debajo del brazo. Así que seguimos hasta la esquina de Cangallo, y entonces cuando íbamos pasando delante de las vidrieras de Peuser que estaban llenas de tinteros y cosas preciosas, sentí que él no quería seguir, se hacía cada vez más pesado y por más que yo tiraba

me gusta: me agrada

los políglotas **hablan** varios idiomas □ **pensar en**

las palomas simbolizan la paz

el **gobierno** rige el país □ **trae...**: contiene tantas reminiscencias

cayeron: se abatieron □ **hubo** < haber

caudillos: jefes de guerra □ **atar**: amarrar □ los **caballos** en el hipódromo □ **maniseros**: vendedores de cacahuetes o manises

se encuentra: se descubre □ **uno**: *on*

al rato: al cabo de un momento

los **barcos** de vela □ **guinches**: Am. grúas

lejos de ≠ cerca de

colectivos: Am. pequeños autobuses urbanos

ir volviendo: regresar

San Martín: barrio de B.A. con el nombre del Libertador de Chile y de Perú □ **mareo**: náusea

cansado: fatigado, agotado

hacerme el que...: fingir que

lechería: Am. tienda donde se venden leche, helados *(glaces)* y pasteles □ **me iba a arrepentir**: iba a deplorarlo

cualquiera: *quelconque*

tu camino **se cruza** con el mío □ **cada uno**: cada cual

viaje: (aquí) camino

los empleados trabajan en **oficinas** □ **anda apurado**: va con prisa □ en los **portafolios** se llevan documentos

vidrieras: Am. ventanas de las tiendas, escaparates

tinteros: recipientes con tinta (para las plumas estilográficas)

pesado < peso (de un kilo...) □ **por más que**: aunque

(tratando de no llamar la atención) casi no podía caminar y al final tuve que pararme delante de la última vidriera, haciéndome el que miraba los juegos de escritorio repujados en cuero. A lo mejor estaba un poco cansado, a lo mejor no era un capricho. Total, estar ahí parados no tenía nada de malo, pero igual no me gustaba porque la gente que pasaba tenía más tiempo para fijarse, y dos o tres veces me di cuenta de que alguien le hacía algún comentario a otro, o se pegaban con el codo para llamarse la atención. Al final no pude más y lo agarré otra vez, haciéndome el que caminaba con naturalidad, pero cada paso me costaba como en esos sueños en que uno tiene unos zapatos que pesan toneladas y apenas puede despegarse del suelo. A la larga conseguí que se le pasara el capricho de quedarse ahí parado, y seguimos por San Martín hasta la esquina de la Plaza de Mayo. Ahora la cosa era cruzar, porque a él no le gusta cruzar una calle. Es capaz de abrir la ventanilla del tranvía y tirarse, pero no le gusta cruzar la calle. Lo malo es que para llegar a la Plaza de Mayo hay que cruzar siempre alguna calle con mucho tráfico, en Cangallo y Bartolomé Mitre no había sido tan difícil pero ahora yo estaba a punto de renunciar, me pesaba terriblemente en la mano, y dos veces que el tráfico se paró y los que estaban a nuestro lado en el cordón de la vereda empezaron a cruzar la calle, me di cuenta de que so íbamos a poder llegar al otro lado porque se plantaría justo en la mitad, y entonces preferí seguir esperando hasta que se decidiera. Y claro, el del puesto de revistas de la esquina ya estaba mirando cada vez más, y le decía algo a un pibe de mi edad que hacía muecas y le contestaba qué sé yo, y los

tratando de: esforzándome por, procurando
pararme: inmovilizarme
juegos...: *garnitures de bureau en cuir repoussé*
estaba (él)
Musset escribió Los **caprichos** de Mariana □ **total**: finalmente
igual: a pesar de todo

me di cuenta: me enteré
se **pegaban**: se daban un golpe
codo: articulación a medio brazo □ **llamarse...**: avivarse la curiosidad □ **otra vez**: de nuevo
me costaba: me era penoso, me pesaba
realizar sus **sueños**
toneladas: miles de kilos □ **despegarse** ≠ pegarse, adherirse □ **a la larga**: al cabo de bastante tiempo □ **conseguí**: obtuve

la cosa: (aquí) el problema
cruzar: pasar a la otra acera

cordón: Am. borde exterior, orilla

se **plantaría**: se pararía □ **mitad**: centro

el del puesto...: el vendedor del quiosco de revistas como Cambio 16 etc. □ **pibe**: Arg. chiquillo □ **de mi edad**: que tenía tantos años como yo □ las **muecas** del mono hacen reir

autos seguían pasando y se paraban y volvían a pasar, y nosotros ahí plantados. En una de esas se iba a acercar el vigilante, eso era lo peor que nos podía suceder porque los vigilantes son muy buenos y por eso meten la pata, se ponen a hacer preguntas, averiguan si uno anda perdido, y de golpe a él le puede dar uno de sus caprichos y yo no sé en lo que termina la cosa. Cuanto más pensaba más me afligía, y al final tuve miedo de veras, casi como ganas de vomitar, lo juro, y en un momento en que paró el tráfico lo agarré bien y cerré los ojos y tiré para adelante doblándome casi en dos, y cuando estuvimos en la Plaza lo solté, seguí dando unos pasos solo, y después volví para atrás y hubiera querido que se muriera, que ya estuviera muerto, o que papá y mamá estuvieran muertos, y yo también al fin y al cabo, que todos estuvieran muertos y enterrados menos tía Encarnación.

Pero esas cosas se pasan en seguida, vimos que había un banco muy lindo completamente vacío, y yo lo sujeté sin tironearlo y fuimos a ponernos en ese banco y a mirar las palomas que por suerte no se dejan agarrar como los gatos. Compré manises y caramelos, le fui dando de las dos cosas y estábamos bastante bien con ese sol que hay por la tarde en la Plaza de Mayo y la gente que va de un lado a otro. Yo no sé en qué momento me vino la idea de abandonarlo ahí, lo único que me acuerdo es que estaba pelándole un maní y pensando al mismo tiempo que si me hacía el que iba a tirarles algo a las palomas que andaban más lejos, sería facilísimo dar la vuelta a la pirámide y perderlo de vista. Me parece que en ese momento no pensaba en volver a casa ni en la cara de papá y mamá, porque si lo hubiera

volvían a pasar: pasaban de nuevo
en una de esas: a lo mejor, tal vez
vigilante: Am. policía □ **suceder**: pasar, ocurrir
meten la pata: intervienen a contratiempo, de manera inoportuna □ **averiguan**: preguntan, tratan de saber
a él le...: le puede sobrevenir
cuanto más...más: *plus...plus*
miedo: aprensión, temor □ **de veras**: realmente
ganas: deseo
cerré ≠ abrí
doblándome: encorvándome, plegándome
solté: dejé libre

muriera < morir
muertos < morir

se pasan: desaparecen, se terminan
lindo: bonito ≠ horrible □ **vacío**: en el que no había nadie
ponernos: (aquí) sentarnos
por suerte: afortunadamente
en las confiterías se venden **caramelos**

vino < venir □ **ahí**: en aquel sitio □ **lo único**: la única cosa
pelándole...: quitándole la membrana de un cacahuete

tirarles: lanzarles, echarles, darles
facilísimo: muy fácil □ **dar la vuelta** al mundo en ochenta días

pensado no habría hecho esa pavada. Debe ser muy difícil abarcar todo al mismo tiempo como hacen los sabios y los historiadores, yo pensé solamente que lo podía abandonar ahí y andar solo por el centro con las manos en los bolsillos, y comprarme una revista o entrar a tomar un helado en alguna parte antes de volver a casa. Le seguí dando manises un rato pero ya estaba decidido, y en una de esas me hice el que me levantaba para estirar las piernas y vi que no le importaba si seguía a su lado o me iba a darle manises a las palomas. Les empecé a tirar lo que me quedaba, y las palomas me andaban por todos lados, hasta que se me acabó el maní y se cansaron. Desde la otra punta de la plaza apenas se veía el banco; fue cosa de un momento cruzar a la Casa Rosada donde siempre hay dos granaderos de guardia, y por el costado me largué hasta el Paseo Colón, esa calle donde mamá dice que no deben ir los niños solos. Ya por costumbre me daba vuelta a cada momento, pero era imposible que me siguiera, lo más que podría estar haciendo sería revolcarse alrededor del banco hasta que se acercara alguna señora de la beneficencia o algún vigilante.

No me acuerdo muy bien de lo que pasó en ese rato en que yo andaba por el Paseo Colón que es una avenida como cualquier otra. En una de esas yo estaba sentado en una vidriera baja de una casa de importaciones y exportaciones, y entonces me empezó a doler el estómago, no como cuando uno tiene que ir en seguida al baño, era más arriba, en el estómago verdadero, como si se me retorciera poco a poco, y yo quería respirar y me costaba, entonces tenía que quedarme quieto y esperar que se pasara el calambre, y delante de

hecho < hacer □ **pavada**: idiotez, tontería, necedad
abarcar: comprender
sabios: eruditos

estaba (yo) **decidido**
en una de esas: inopinadamente
estirar las piernas: poner rectos los miembros inferiores para desperezarlos, quitarles el parálisis de una mala postura
lo que me quedaba: lo que tenía yo todavía □ **me andaban...**: me rodeaban □ **se me acabó el maní**: ya no tuve manises
se cansaron: no insistieron □ **punta**: (aquí) extremo
fue cosa de: representó
granaderos < granada (proyectil)
costado: lado □ **me largué**: me fui precipitadamente

costumbre: automatismo
siguiera < seguir: venir detrás
revolcarse: *se rouler par terre*
beneficencia: organización pública para la protección de los desamparados
pasó: sucedió, ocurrió, aconteció

la **avenida** de los Campos Elíseos

doler: causar dolor
ir al baño: ir al wáter
arriba: alto
se me retorciera: se me torciera mucho

calambre: contracción involuntaria

mí se veía como una mancha verde y puntitos que bailaban, y la cara de papá, al final era solamente la cara de papá porque yo había cerrado los ojos, me parece, y en medio de la mancha verde estaba la cara de papá. Al rato pude respirar mejor, y unos muchachos me miraron un momento y uno le dijo al otro que yo estaba descompuesto, pero yo moví la cabeza y dije que no era nada, que siempre me daban calambres pero se me pasaban en seguida. Uno dijo que si yo quería que fuera a buscar un vaso de agua, y el otro me aconsejó que me secara la frente porque estaba sudando. Yo me sonreí y dije que ya estaba bien, y me puse a caminar para que se fueran y me dejaran solo. Era cierto que estaba sudando porque me caía el agua por las cejas y una gota salada me entró en un ojo, y entonces saqué el pañuelo y me lo pasé por la cara y sentí un arañazo en el labio, y cuando miré era una hoja seca pegada en el pañuelo que me había arañado la boca.

No sé cuánto tardé en llegar otra vez a la Plaza de Mayo. A la mitad de la subida me caí pero volví a levantarme antes que nadie se diera cuenta, y crucé a la carrera entre todos los autos que pasaban por delante de la Casa Rosada. Desde lejos vi que no se había movido del banco, pero seguí corriendo y corriendo hasta llegar al banco, y me tiré como muerto mientras las palomas salían volando asustadas y la gente se daba vuelta con ese aire que toman para mirar a los chicos que corren, como si fuera un pecado. Después de un rato lo limpié un poco y dije que teníamos que volver a casa. Lo dije para oírme yo mismo y sentirme todavía más contento, porque con él lo único que servía era agarrarlo bien y llevarlo, las palabras no las escuchaba o se hacía el que

bailaban: danzaban

miraron: observaron
descompuesto < descomponer, alterar

me aconsejó: me recomendó
sudando: transpirando □ **me sonreí:** hice una sonrisa como la Gioconda □ **me puse a:** me eché a, empecé a
se fueran < irse, marcharse
fruncir las **cejas**

arañazo: marca dejada por un gato o una espina etc.
labio: borde carnoso de la boca
arañado *cf.* arañazo, rasguño
cuánto: cuánto tiempo
subida: cuesta
a la carrera: corriendo, muy rápido

Casa Rosada: en B.A. palacio de la Presidencia □ **no se había movido** (él)
me tiré: me caí □ **mientras:** *tandis que*
salían...: se volaban □ **asustadas:** aterrorizadas

confesar un **pecado,** una culpa

todavía: aún
que servía: útil
las palabras...: no oía lo que se le decía

no las escuchaba. Por suerte esta vez no se encaprichó al cruzar las calles, y el tranvía estaba casi vacío al comienzo del recorrido, así que lo puse en el primer asiento y me senté al lado y no me di vuelta ni una sola vez en todo el viaje, ni siquiera al bajarnos. La última cuadra la hicimos muy despacio, él queriendo meterse en los charcos y yo luchando para que pasara por las baldosas secas. Pero no me importaba, no me importaba nada. Pensaba todo el tiempo: «Lo abandoné», lo miraba y pensaba: «Lo abandoné», y aunque no me había olvidado del Paseo Colón me sentía tan bien, casi orgulloso. A lo mejor otra vez... No era fácil, pero a lo mejor... Quién sabe con qué ojos me mirarían papá y mamá cuando me vieran llegar con él de la mano. Claro que estarían contentos de que yo lo hubiera llevado a pasear al centro, los padres siempre están contentos de esas cosas; pero no sé por qué en ese momento se me daba por pensar que también a veces papá y mamá sacaban el pañuelo para secarse, y que también en el pañuelo había una hoja seca que les lastimaba la cara.

se encaprichó: no hizo extravagancias

recorrido: trayecto
al lado: a su lado □ **ni**: ni siquiera *(pas même)*
al bajarnos: cuando bajamos
despacio: lentamente
luchando: combatiendo

nada: de ningún modo, en absoluto

de la mano: cogido de la mano

siempre ≠ jamás, nunca
se me daba por: estaba por

Grammaire au fil des nouvelles

Traduisez les phrases suivantes inspirées du texte (le premier chiffre renvoie aux pages, les suivants aux lignes ; les chiffres en gras renvoient à la Grammaire active de l'espagnol *publiée au Livre de Poche).*

***Il fallait que je* l'emmène promener** (obligation personnelle, 60 - 3, **250**).

Papa *fit un pas* en avant (*dar* dans le sens de faire, 60 - 8).

Je vois *ses cheveux gris qui tombent sur son front* (possession traduite par une forme pronominale, 60 - 15,16, **260**).

***N'oublie pas* de lui en donner un peu** (impératif négatif, 60 -30, **207-204**).

Ils ne m'avaient jamais demandé de l'emmener au centre (constr. des verbes de demande, concordance des temps, constr. de *nunca*, 62 - 12,13, **208-214-328**).

Il était injuste qu'ils me le demandent (constr. des tournures impersonnelles, concordance des temps, 62 - 19,20, **214**).

***Le mieux aurait été* de m'asseoir derrière lui** (art. neutre, emploi du subj. imp. dans un sens conditionnel, 64 - 31, **20-302**).

Deux, répétai-je, sûr de ce que tout le tramway *était au courant* (emploi de *estar*, 66 - 16,17).

... Des sièges près *du mien* (pron. poss., 68 - 15,16, **92**).

***Si j'avais voyagé seul,* j'aurais fichu le camp du tramway** (prop. cond., 68 - 29,30, **302**).

***J'oubliai* complètement l'affaire** (trad. de oublier, 70 - 12).

Il *n'y* avait presque *plus* personne (trad. de ne... plus, emploi de *nadie*, 70 - 29, **106-76**).

Si *on* veut, *on* peut poursuivre et, au bout d'un moment, arriver au port (trad. de "on", 72 - 8,10, **244**).

Maintenant le problème était *de* traverser (omission de "*de*" devant l'infinitif, 74 - 17, **116**).

***Plus* je réfléchissais, *plus* j'étais accablé** (corrélation, 76 - 7, **88**).

***Je continuai à lui donner* des cacahuètes** (trad. de "continuer à", 78 - 5, **238**).

Con legítimo orgullo

Ninguno de nosotros recuerda el texto de la ley que obliga a recoger las hojas secas, pero estamos convencidos de que a nadie se le ocurriría que puede dejar de recogerlas; es una de esas cosas que vienen desde muy atrás, con las primeras lecciones de la infancia, y ya no hay demasiada diferencia entre los gestos elementales de atarse los zapatos o abrir los paraguas y los que hacemos al recoger las hojas secas a partir del dos de noviembre a las nueve de la mañana.

Tampoco a nadie se le ocurriría discutir la oportunidad de esa fecha, es algo que figura en las costumbres del país y que tiene su razón de ser. La víspera nos dedicamos a visitar el cementerio, no se hace otra cosa que acudir a las tumbas familiares, barrer las hojas secas que las ocultan y confunden, aunque ese día las hojas secas no tienen importancia oficial, por así decir, a lo sumo son una penosa molestia de la que hay que librarse para luego cambiar el agua a los floreros y limpiar las huellas de los caracoles en las lápidas. Alguna vez se ha podido insinuar que la campaña contra las hojas secas podría adelantarse en dos o tres días, de manera que al llegar el primero de noviembre el cementerio estuviera ya limpio y las familias pudieran recogerse ante las tumbas sin el molesto barrido previo que suele provocar escenas penosas y nos distrae de nuestros deberes en ese día de recordación. Pero nunca hemos aceptado esas insinuaciones, como tampoco hemos creído que se pudieran impedir las expediciones a las selvas del norte, por más que nos cuesten. Son costumbres tradicionales que tienen su razón de ser, y

recuerda: memora ≠ olvida □ el jurista conoce la **ley**
recoger: (aquí) quitar del suelo
convencidos: persuadidos □ **a nadie se le ocurriría**: nadie imaginaría □ **dejar de**: cesar de
desde muy atrás: de hace mucho tiempo, de tiempos remotos
ya no: *ne...plus* □ **demasiada**: excesiva
atarse...: *lacer ses chaussures*
los [gestos] **que** □ **al recoger**: cuando recogemos

mañana: primera parte del día
tampoco ≠ también
1789 es una **fecha** histórica □ **algo**: una cosa □ **costumbres**: hábitos □ **razón de ser**: justificación □ **víspera**: día anterior
nos dedicamos a...: nos pasamos el tiempo visitando...
acudir: ir □ **barrer**: (aquí) quitar
ocultan: disimulan, esconden □ **aunque**: si bien, bien que
a lo sumo: a lo más, como máximo
molestia: fastidio, engorro
librarse: liberarse □ **luego...**: después renovar el agua de las vasijas □ **huellas**: marcas □ **caracoles**: gasterópodos □ **lápidas**: piedras tumbales
adelantarse: anticiparse

limpio: impecable ≠ sucio
recogerse: meditar y decir oraciones □ **ante**: delante de □ **barrido**: el hecho de barrer □ **previo**: anterior □ **suele...**: provoca generalmente □ **recordación**: recuerdo, conmemoración □ **nunca**: jamás
creído: tenido la convicción □ **impedir**: imposibilitar, evitar
la selva amazónica □ **por más que...**: aunque nos cuesten, nos sean penosas

muchas veces hemos oído a nuestros abuelos contestar severamente a esas voces anárquicas, haciendo notar que la acumulación de hojas secas en las tumbas sirve precisamente para mostrar a la colectividad la molestia que representan una vez avanzado el otoño, e incitarla así a participar con más entusiasmo en la labor que ha de iniciarse al día siguiente.

Toda la población está llamada a desempeñar una tarea en la campaña. La víspera, cuando regresamos del cementerio, la municipalidad ya ha instalado su quiosco pintado de blanco en medio de la plaza, y a medida que vamos llegando nos ponemos en fila y esperamos nuestro turno. Como la fila es interminable, la mayoría sólo puede volver muy tarde a su casa, pero tenemos la satisfacción de haber recibido nuestra tarjeta de manos de un funcionario municipal. En esa forma y a partir de la mañana siguiente, nuestra participación quedará registrada día tras día en las casillas de la tarjeta, que una máquina especial va perforando a medida que entregamos las bolsas de hojas secas o las jaulas con las mangostas, según la tarea que nos haya correspondido. Los niños son los que más se divierten porque les dan una tarjeta muy grande, que les encanta mostrar a sus madres, y los destinan a diversas tareas livianas pero sobre todo a vigilar el comportamiento de las mangostas. A los adultos nos toca el trabajo más pesado, puesto que además de dirigir a las mangostas debemos llenar las bolsas de arpillera con las hojas secas que han recogido las mangostas, y llevarlas a hombros hasta los camiones municipales. A los viejos se les confían las pistolas de aire comprimido con las que se pulveriza la esencia de serpiente sobre las hojas secas. Pero el trabajo

abuelos: padres de los padres □ **contestar**: responder

voces: (aquí) insinuaciones, pareceres

sirve < servir

e **incitarla** ≠ y la incitará

la **labor**: el trabajo, la tarea □ **ha de...**: va a comenzar, empezar

desempeñar: realizar

una **campaña** electoral o militar □ **regresamos**: volvemos

en medio de: en el centro de □ **a medida que**: conforme

mayoría: mayor parte

una **tarjeta** postal, una tarjeta de visita

siguiente: que viene después □ **quedará**: aparecerá

casilla: *case*

entregamos: damos, depositamos □ **bolsas**: sacos □ los pájaros en las **jaulas**, sin libertad □ **según**: *selon* □ **correspondido**: incumbido, tocado

encanta: gusta, agrada, place

livianas: ligeras, poco difíciles

nos toca: nos incumbe □ **pesado** < peso

puesto que: ya que □ **además de** carne como pan

arpillera: tela de saco, cáñamo

a hombros: en la parte superior del tronco, donde nace el brazo

de los adultos es el que exige la mayor responsabilidad, porque las mangostas suelen distraerse y no rinden lo que se espera de ellas; en ese caso nuestras tarjetas mostrarán al cabo de pocos días la insuficiencia de la labor realizada, y aumentarán las probabilidades de que nos envíen a las selvas del norte. Como es de imaginar hacemos todo lo posible por evitarlo, aunque llegado el caso reconocemos que se trata de una costumbre tan natural como la campaña misma, y no se nos ocurriría protestar; pero es humano que nos esforcemos lo más posible en hacer trabajar a las mangostas para conseguir el máximo de puntos en nuestras tarjetas, y que para ello seamos severos con las mangostas, los ancianos y los niños, elementos imprescindibles para el éxito de la campaña.

Nos hemos preguntado alguna vez cómo pudo nacer la idea de pulverizar las hojas secas con esencia de serpiente, pero después de algunas conjeturas desganadas acabamos por convenir en que el origen de las costumbres, sobre todo cuando son útiles y atinadas, se pierde en el fondo de la raza. Un buen día la municipalidad debió reconocer que la población no daba abasto para recoger las hojas que caen en otoño, y que sólo la utilización inteligente de las mangostas, que abundan en el país, podría cubrir el déficit. Algún funcionario proveniente de las ciudades linderas con la selva advirtió que las mangostas, indiferentes por completo a las hojas secas, se encarnizaban con ellas si olían a serpiente. Habrá hecho falta mucho tiempo para llegar a esos descubrimientos, para estudiar las reacciones de las mangostas frente a las hojas secas, para pulverizar las hojas secas a fin de que las mangostas las

mayor ≠ menor
no rinden lo que: no tienen el rendimiento que

al cabo de 9 meses nacen los bebés
aumentarán: se multiplicarán
norte ≠ sur □ **es de...**: como se puede...
llegado el caso: cuando se da el caso, cuando se produce
reconocemos: admitimos □ **se trata de**: es cuestión de

nos esforcemos en: intentemos
conseguir: obtener
para ello: con este fin
ancianos: personas viejas
imprescindibles: indispensables □ **éxito**: triunfo ≠ fracaso

preguntado: interrogado □ **pudo** < poder □ **nacer** ≠ morir

conjeturas: hipótesis □ **desganadas**: sin entusiasmo, poco convincentes □ **acabamos**: terminamos
atinadas: sensatas

daba abasto: bastaba, producía lo suficiente
caen: se desprenden de los árboles

cubrir: compensar
proveniente: que provenía □ **linderas**: limítrofes
advirtió < advertir: notar
se encarnizaban: atacaban furiosamente, se ensañaban
olían a: tenían olor a □ **habrá...**: debe de haber sido necesario... □ los **descubrimientos** de Pasteur, Fleming etc.
frente a: en presencia de

recogieran vindicativamente. Nosotros hemos crecido en una época en que ya todo estaba establecido y codificado, los criaderos de mangostas contaban con el personal necesario para adiestrarlas, y las expediciones a las selvas volvían cada verano con una cantidad satisfactoria de serpientes. Esas cosas nos resultan tan naturales que sólo pocas veces y con gran esfuerzo volvemos a hacernos las preguntas que nuestros padres contestaban severamente en nuestra infancia, enseñándonos así a responder algún día a las preguntas que nos harían nuestros hijos. Es curioso que ese deseo de interrogarse sólo se manifieste, y aun así muy raramente, antes o después de la campaña. El dos de noviembre, apenas hemos recibido nuestras tarjetas y nos entregamos a las tareas que nos han sido asignadas, la justificación de cada uno de nuestros actos nos parece tan evidente que sólo un loco osaría poner en duda la utilidad de la campaña y la forma en que se la lleva a cabo. Sin embargo, nuestras autoridades han debido prever esa posibilidad porque en el texto de la ley impresa en el dorso de las tarjetas se señalan los castigos que se impondrían en tales casos; pero nadie recuerda que haya sido necesario aplicarlos.

Siempre nos ha admirado cómo la municipalidad distribuye nuestras labores de manera que la vida del estado y del país no se vean alteradas por la ejecución de la campaña. Los adultos dedicamos cinco horas diarias a recoger las hojas secas, antes o después de cumplir nuestro horario de trabajo en la administración o en el comercio. Los niños dejan de asistir a las clases de gimnasia y a las de entrenamiento cívico y militar, y los viejos aprovechan las horas de sol para salir de los

...crecido: ...hecho grandes, hemos sido educados

en los **criaderos** se reproducen las mangostas
adiestrarlas: ejercitarlas, amaestrarlas, darles la habilidad
volvían: (aquí) se repetían □ **verano:** estío
resultan: (aquí) parecen, son
con gran esfuerzo: haciéndonos violencia

harían < hacer □ **deseo:** voluntad de, aspiración a
aun: hasta

nos entregamos a: nos dedicamos a, nos consagramos a
cada uno: *chacun*
loco: desequilibrado, demente □ **osaría:** se atrevería a
lleva a cabo: realiza
sin embargo: no obstante, a pesar de todo

impresa < imprimir □ **señalan:** indican □ **castigos:** penitencias
impondrían < imponer: (aquí) infligir, aplicar
haya < haber
siempre ≠ nunca □ **admirado:** sorprendido, extrañado

el **estado** francés o Francia □ **vean** < ver

diarias: cada día
cumplir: hacer, realizar, llevar a cabo

entrenamiento < entrenar, ejercitar
aprovechan: se aprovechan de, utilizan □ **salir** ≠ entrar

asilos y ocupar sus puestos respectivos. Al cabo de dos o tres días la campaña ha cumplido su primer objetivo, y las calles y plazas del distrito central quedan libres de hojas secas. Los encargados de las mangostas tenemos entonces que multiplicar las precauciones, porque a medida que progresa la campaña las mangostas muestran menos encarnizamiento en su trabajo, y nos incumbe la grave responsabilidad de señalar el hecho al inspector municipal de nuestro distrito para que ordene un refuerzo de las pulverizaciones. Esta orden sólo la da el inspector después de haberse asegurado de que hemos hecho todo lo posible para que las mangostas sigan recogiendo, y si se comprobara que nos hemos apresurado frívolamente a pedir que se refuercen las pulverizaciones, correríamos el riesgo de ser inmediatamente movilizados y enviados a las selvas. Pero cuando decimos riesgo es evidente que exageramos, porque las expediciones a las selvas forman parte de las costumbres del estado a igual título que la campaña propiamente dicha, y a nadie se le ocurriría protestar por algo que constituye un deber como cualquier otro.

Se ha murmurado alguna vez que es un error confiar a los ancianos las pistolas pulverizadoras. Puesto que se trata de una antigua costumbre no puede ser un error, pero a veces ocurre que los ancianos se distraen y gastan una buena parte de la esencia de serpiente en un pequeño sector de la calle o una plaza, olvidando que deben distribuirlo en una superficie lo más amplia posible. Ocurre así que las mangostas se precipitan salvajemente sobre un montón de hojas secas, y en pocos minutos las recogen y las traen hasta donde las esperamos con las bolsas preparadas; pero después,

asilos: hospicios
cumplido: realizado
calle (del cementerio) □ **distrito** (del cementerio)
encargados: responsables

muestran: manifiestan
encarnizamiento: furia, ensañamiento □ **nos incumbe**: nos toca, nos corresponde □ **hecho**: caso

refuerzo: acentuación, aumento, mayor cantidad □ la **orden**
haberse asegurado: haber adquirido la certeza
sigan...: continúen...
se comprobara: se verificara □ **apresurado...**: precipitado a la ligera □ **pedir**: reclamar, exigir
correríamos el riesgo de: estaríamos expuestos a

riesgo: peligro

a igual título: de la misma manera
dicha < decir
es un **deber** respetar a los padres □ **cualquier otro**: *n'importe quel autre* □ **alguna vez**: a veces, en ciertas ocasiones
las **pistolas** son armas de fuego

se distraen: no prestan atención □ **gastan**: utilizan, consumen

olvidando ≠ recordando
amplia: vasta
así: de esta manera
salvajemente: con encarnizamiento □ **montón**: pila, hacinamiento □ **traen**: transportan
después: luego

cuando confiadamente creemos que van a seguir con el mismo tesón, las vemos detenerse, olisquearse entre ellas como desconcertadas, y renunciar a su tarea con evidentes signos de fatiga y hasta de disgusto. En esos casos el adiestrador apela a su silbato, y por un momento consigue que las mangostas junten algunas hojas, pero no tardamos en darnos cuenta de que la pulverización ha sido despareja y que las mangostas se resisten con razón a una tarea que de golpe ha perdido todo interés para ellas. Si se contara con suficiente cantidad de esencia de serpiente, jamás se plantearían estas situaciones de tensión en las que los ancianos, nosotros y el inspector municipal nos vemos abocados a nuestras respectivas responsabilidades y sufrimos enormemente; pero desde tiempo inmemorial se sabe que la provisión de esencia apenas alcanza para cubrir las necesidades de la campaña, y que en algunos casos las expediciones a las selvas no han alcanzado su objetivo, obligando a la municipalidad a apelar a sus exiguas reservas para hacer frente a una nueva campaña. Esta situación acentúa el temor de que la próxima movilización abarque un número mayor de reclutas, aunque al decir temor es evidente que exageramos, porque el aumento del número de reclutas forma parte de las costumbres del estado a igual título que la campaña propiamente dicha, y a nadie se le ocurriría protestar por algo que constituye un deber como cualquier otro. De las expediciones a las selvas se habla poco entre nosotros, y los que regresan están obligados a callar por un juramento del que apenas tenemos noticia. Estamos convencidos de que nuestras autoridades procuran evitarnos toda preocupación referente a las expediciones

confiadamente: con excesiva confianza □ **van** (las mangostas)
tesón: obstinación □ **detenerse**: interrumpirse □ **olisquearse**: olerse
disgusto: desgana ≠ gusto, gana
adiestrador: el que adiestra □ **apela a**: recurre a □ se oye el **silbato** de un policía □ **junten**: reunan, amontonen
darnos cuenta: notar, comprobar
despareja: desigual □ **se resisten**: oponen resistencia, se niegan a
de golpe: súbitamente, de repente
se **contara con**: se tuviera
jamás: nunca □ **se plantearían**: surgirían

nos vemos...: no tenemos más remedio que cumplir

alcanza: es suficiente, basta

exiguas ≠ enormes
hacer frente a: afrontar
temor: aprensión, miedo
abarque: incluya □ 10 es un **número** □ los **reclutas** cumplen el servicio militar □ **al decir**: diciendo

regresan: vuelven ≠ van □ **callar**: guardar silencio
tenemos noticia: estamos al corriente, al tanto
procuran: intentan, tratan de
referente a: relativa a

a las selvas del norte, pero desgraciadamente nadie puede cerrar los ojos a las bajas. Sin la menor intención de extraer conclusiones, la muerte de tantos familiares o conocidos en el curso de cada expedición nos obliga a suponer que la búsqueda de las serpientes en las selvas tropieza cada año con la despiadada resistencia de los habitantes del país fronterizo, y que nuestros conciudadanos han tenido que hacer frente, a veces con graves pérdidas, a su crueldad y a su malicia legendarias. Aunque no lo digamos públicamente, a todos nos indigna que una nación que no recoge las hojas secas se oponga a que cacemos serpientes en sus selvas. Nunca hemos dudado de que nuestras autoridades están dispuestas a garantizar que la entrada de las expediciones en ese territorio no obedece a otro motivo, y que la resistencia que encuentran se debe únicamente a un estúpido orgullo extranjero que nada justifica.

La generosidad de nuestras autoridades no tiene límites, incluso en aquellas cosas que podrían perturbar la tranquilidad pública. Por eso nunca sabremos —ni queremos saber, conviene subrayarlo— qué ocurre con nuestros gloriosos heridos. Como si quisieran evitarnos inútiles zozobras, sólo se da a conocer la lista de los expedicionarios ilesos y la de los muertos, cuyos ataúdes llegan en el mismo tren militar que trae a los expedicionarios y a las serpientes. Dos días después las autoridades y la población acuden al cementerio para asistir al entierro de los caídos. Rechazando el vulgar expediente de la fosa común, nuestras autoridades han querido que cada expedicionario tuviera su tumba propia, fácilmente reconocible por su lápida y las inscripciones que la familia puede hacer grabar sin

desgraciadamente: infortunadamente, por desgracia
bajas: pérdidas humanas
extraer conclusiones: sacar conclusiones, concluir

búsqueda < buscar: ir por
tropieza...con: (aquí) se opone...a □ **despiadada**: implacable, cruel □ **fronterizo**: limítrofe, lindero □ **conciudadanos**: compatriotas
pérdidas: bajas □ **crueldad** > cruel
aunque + subj.: *même si* + ind.
se oponga < oponerse
cacemos < cazar: (aquí) buscar

el soldado **obedece** a sus jefes
que encuentran: con que tropiezan

incluso: aun, hasta
sabremos < saber
subrayarlo: insistir en ello, recalcarlo □ **qué**: lo que
En las guerras hay muertos, y **heridos** que sobreviven
zozobras: angustias □ **se da a conocer**: se comunica
ilesos: indemnes □ **la** [lista] **de** □ **cuyos ataúdes**: las cajas de cadáveres de los cuales, los féretros de los cuales

caídos: muertos □ **rechazando**: declinando, no aceptando
expediente: recurso
tuviera < tener

grabar: inscribir, dibujar con incisiones

impedimento alguno; pero como en los últimos años el número de bajas ha sido cada vez más grande, la municipalidad ha expropiado los terrenos adyacentes para ampliar el cementerio. Puede imaginarse entonces cuántos somos los que al llegar el primero de noviembre acudimos desde la mañana al cementerio para honrar las tumbas de nuestros muertos. Desgraciadamente el otoño ya está muy avanzado, y las hojas secas cubren de tal manera las calles y las tumbas que resulta muy difícil orientarse; con frecuencia nos confundimos completamente y pasamos varias horas dando vueltas y preguntando hasta ubicar la tumba que buscamos. Casi todos llevamos nuestra escoba, y suele ocurrirnos barrer las hojas secas de una tumba creyendo que es la de nuestro muerto, y descubrir que estamos equivocados. Pero poco a poco vamos encontrando las tumbas, y ya mediada la tarde podemos descansar y recogernos. En cierto modo nos alegra haber tropezado con tantas dificultades para encontrar las tumbas porque eso prueba la utilidad de la campaña que va a comenzar a la mañana siguiente, y nos parece como si nuestros muertos nos alentaran a recoger las hojas secas, aunque no contemos con la ayuda de las mangostas que sólo intervendrán al día siguiente cuando las autoridades distribuyan la nueva ración de esencia de serpiente traída por los expedicionarios junto con los ataúdes de los muertos, y que los ancianos pulverizarán sobre las hojas secas para que las recojan las mangostas.

sin impedimento alguno: sin ninguna dificultad □ **últimos**: recientes □ **cada vez más**: siempre más
adyacentes: contiguos
ampliar: dar más extensión □ **entonces**: por consiguiente
cuántos: *combien*
honrar: venerar

nos confundimos: nos equivocamos, estamos en plena confusión
dando vueltas: yendo y viniendo
ubicar: Am. situar
llevamos: tomamos con nosotros □ una **escoba** para barrer
creyendo: teniendo la convicción
estamos equivocados: hemos cometido algún error
ya mediada la tarde: después de la mitad de la tarde
descansar: quedar inactivos, reposar
alegra: pone contentos □ **tropezado con**: encontrado
prueba: demuestra

alentaran: animaran, incitaran

ayuda: colaboración, auxilio

junto con: con, en compañía de

Grammaire au fil des nouvelles

Traduisez les phrases suivantes inspirées du texte (le premier chiffre renvoie aux pages, les suivants aux lignes ; les chiffres en gras renvoient à la Grammaire active de l'espagnol *publiée au Livre de Poche).*

***Aucun d'*entre nous *ne se souvient du* texte de la loi** (constr. de *ninguno*, trad. de "se souvenir de", 86 - 3, **78**).

***Il ne viendrait à l'idée de* personne non plus de discuter** (*ocurrirsele a uno*, trad. de "non plus", 86 - 12, **328**).

***Bien que* ce jour-là, les feuilles mortes n'aient pas d'importance officielle** (*aunque* + ind., 86 - 17,18, **322**).

Sans le fastidieux balayage préalable *qui provoque généralement* des scènes pénibles (action habituelle, 86 - 25,26,27, **240**).

... *Et* l'inciter ainsi à *participer* avec plus d'enthousiasme *au* travail (*y* remplacé par *e*, constr. de *participar*, 88 - 5,6, **330**).

Mais *il est humain que nous nous efforcions* le plus possible *de faire travailler* les mangoustes (c.d.t., constr. de *esforzarse en*, 90 - 10,11 **214**).

***Nous nous reposons* les mêmes questions** (répétition de l'action verbale, 92 - 8, **240**).

Les vieux *profitent des* heures de soleil (constr. de *aprovechar*, 92 - 32).

***Nous devons* alors multiplier les précautions** (obligation personnelle, 94 - 4,5, **250**).

***Si l'on disposait* d'une quantité suffisante d'essence de serpent** (prop. cond., 96 - 10,11, **302**).

***Même si nous ne le disons pas* publiquement** (*aunque* + subj., 98 - 10, **322**).

***Comme si l'on voulait* nous éviter d'inutiles angoisses** (constr. de *como si*, 98 - 22,23, **210**).

... Celle (la liste) des morts *dont* les cercueils arrivent dans le même convoi militaire qui ramène les expéditionnaires et les serpents (trad. de dont, 98 - 24,25, **290**).

La Noche boca arriba

Y salían en ciertas épocas a cazar enemigos; le llamaban la guerra florida.

A mitad del largo zaguán del hotel pensó que debía ser tarde, y se apuró a salir a la calle y sacar la motocicleta del rincón donde el portero de al lado le permitía guardarla. En la joyería de la esquina vio que eran las nueve menos diez; llegaría con tiempo sobrado adonde iba. El sol se filtraba entre los altos edificios del centro, y él —porque para sí mismo, para ir pensando, no tenía nombre— montó en la máquina saboreando el paseo. La moto ronroneaba entre sus piernas, y un viento fresco le chicoteaba los pantalones.

Dejó pasar los ministerios (el rosa, el blanco) y la serie de comercios con brillantes vitrinas de la calle Central. Ahora entraba en la parte más agradable del trayecto, el verdadero paseo: una calle larga, bordeada de árboles, con poco tráfico y amplias villas que dejaban venir los jardines hasta las aceras, apenas demarcadas por setos bajos. Quizá algo distraído, pero corriendo sobre la derecha como correspondía, se dejó llevar por la tersura, por la leve crispación de ese día apenas empezado. Tal vez su involuntario relajamiento le impidió prevenir el accidente. Cuando vio que la mujer parada en la esquina se lanzaba a la calzada a pesar de las luces verdes, ya era tarde para las soluciones fáciles. Frenó con el pie y la mano, desviándose a la izquierda; oyó el grito de la mujer, y junto con el choque perdió la visión. Fue como dormirse de golpe.

Volvió bruscamente del desmayo. Cuatro o cinco

salían: se iban □ **cazar**: perseguir para capturar o matar **enemigos**: adversarios ≠ amigos □ **llamaban**: daban el nombre de □ **florida** < flor

a mitad: en medio □ **largo** ≠ corto □ **zaguán**: vestíbulo de entrada □ **se apuró** Am.: se apresuró, se dio prisa □ **salir** ≠ entrar □ **sacar**: tomar □ **rincón**: ángulo entrante de dos muros
guardar: meter en lugar seguro □ **esquina**: ángulo formado por dos calles que se cruzan □ **sobrado**: en exceso; llegaría con adelanto
ir pensando: acción progresiva
saboreando: tomando placer en
dar un **paseo**: andar por placer □ **piernas**: miembros inferiores
chicoteaba Am.: azotaba, daba latigazos < chicote, látigo, azote: *fouet*

ahora: *maintenant*

amplias: vastas
los peatones andan por las **aceras** laterales de la calle
setos: arbustos que cercan el jardín □ **quizá**: posiblemente □ **correspondía**: convenía □ **tersura**: resplandor
leve: ligera, de poca intensidad □ **tal vez**: quizá, acaso
relajamiento ≠ tensión □ **impidió**: hizo imposible □ **prevenir**: evitar □ **vio** < ver
calzada: parte central de la calle, para los coches □ **a pesar de**: *malgré* □ **era** (s.e. demasiado) **tarde**
izquierda ≠ derecha □ **oyó** < oír □ **grito**: voz fuerte
junto con: al mismo tiempo que
de golpe: súbitamente
volvió...: recuperó el conocimiento; **desmayo**: desvanecimiento

hombres jóvenes lo estaban sacando de debajo de la moto. Sentía gusto a sal y sangre, le dolía una rodilla, y cuando lo alzaron gritó, porque no podía soportar la presión en el brazo derecho. Voces que no parecían pertenecer a las caras suspendidas sobre él, lo alentaban con bromas y seguridades. Su único alivio fue oír la confirmación de que había estado en su derecho al cruzar la esquina. Preguntó por la mujer, tratando de dominar la náusea que le ganaba la garganta. Mientras lo llevaban boca arriba hasta una farmacia próxima, supo que la causante del accidente no tenía más que rasguños en las piernas. « Usté la agarró apenas, pero el golpe le hizo saltar la máquina de costado... » Opiniones, recuerdos, despacio, éntrenlo de espaldas, así va bien, y alguien con guardapolvo dándole a beber un trago que lo alivió en la penumbra de una pequeña farmacia de barrio.

La ambulancia policial llegó a los cinco minutos, y lo subieron a una camilla blanda donde pudo tenderse a gusto. Con toda lucidez, pero sabiendo que estaba bajo los efectos de un shock terrible, dio sus señas al policía que lo acompañaba. El brazo casi no le dolía; de una cortadura en la ceja goteaba sangre por toda la cara. Una o dos veces se lamió los labios para beberla. Se sentía bien, era un accidente, mala suerte; unas semanas quieto y nada más. El vigilante le dijo que la motocicleta no parecía muy estropeada. « Natural », dijo él. « Como que me la ligué encima... » Los dos se rieron, y el vigilante le dio la mano al llegar al hospital y le deseó buena suerte. Ya la náusea volvía poco a poco; mientras lo llevaban en una camilla de ruedas hasta un pabellón del fondo, pasando bajo árboles llenos de pájaros, cerró

sacando : extrayendo □ **debajo de** ≠ encima de

la sal del mar □ **dolía** : le hacía sufrir □ **rodilla** : articulación a media pierna □ **alzaron** : levantaron

brazo : miembro superior □ **voces** : sonidos que salen de la boca □ **pertenecer a** : ser de, corresponder a □ **alentaban** : daban valor, coraje □ decían **bromas** para divertirle □ **alivio** : consuelo

cruzar la esquina : pasar al otro lado de la encrucijada □ **tratando de** : intentando □ **...garganta** : le subía a la boca

boca arriba : tendido, con la cara vuelta hacia el cielo

supo < saber □ **no...más que** : no...sino ; sólo...

rasguños : lesiones superficiales en la piel □ **agarró** : cogió

golpe... : con el choque la moto cayó brutalmente de lado

del pasado sólo quedan **recuerdos** en la memoria □ **de espaldas** : *de dos* □ el **guardapolvo** protege los vestidos □ **trago** : pequeña porción de líquido □ **alivió** : los calmantes alivian el dolor □ **barrio** : zona de la ciudad

a los cinco minutos : después de, al cabo de cinco minutos

camilla : para transportar heridos y enfermos □ **blanda** ≠ dura

a gusto : confortablemente, cómodamente □ **lucidez** < lúcido

dio < dar □ **señas** : indicación del sitio donde vive, dirección

cortadura < cortar □ las **cejas** están entre ojos y frente □ **la sangre** corre por las venas □ **se lamió los labios** : se pasó la lengua por los bordes de la boca □ **semanas** : de siete días

quieto : inmóvil, sin moverse □ **vigilante** Am. : policía

estropeada : deteriorada □ **natural** : claro, por supuesto

me la ligué encima : me la recibí encima, se me cayó encima

al llegar : cuando llegaron

mientras : en el momento en que

ruedas : una moto tiene dos, un coche cuatro □ **pabellón** : dependencia □ **llenos** : cubiertos □ los **pájaros** vuelan y cantan

los ojos y deseó estar dormido o cloroformado. Pero lo tuvieron largo rato en una pieza con olor a hospital, llenando una ficha, quitándole la ropa y vistiéndolo con una camisa grisácea y dura. Le movían cuidadosamente el brazo, sin que le doliera. Las enfermeras bromeaban todo el tiempo, y si no hubiera sido por las contracciones del estómago se habría sentido muy bien, casi contento.

Lo llevaron a la sala de radio, y veinte minutos después, con la placa todavía húmeda puesta sobre el pecho como una lápida negra, pasó a la sala de operaciones. Alguien de blanco, alto y delgado, se le acercó y se puso a mirar la radiografía. Manos de mujer le acomodaban la cabeza, sintió que lo pasaban de una camilla a otra. El hombre de blanco se le acercó otra vez, sonriendo, con algo que le brillaba en la mano derecha. Le palmeó la mejilla e hizo una seña a alguien parado atrás.

Como sueño era curioso porque estaba lleno de olores y él nunca soñaba olores. Primero un olor a pantano, ya que a la izquierda de la calzada empezaban las marismas, los tembladerales de donde no volvía nadie. Pero el olor cesó, y en cambio vino una fragancia compuesta y oscura como la noche en que se movía huyendo de los aztecas. Y todo era tan natural, tenía que huir de los aztecas que andaban a caza de hombre, y su única probabilidad era la de esconderse en lo más denso de la selva, cuidando de no apartarse de la estrecha calzada que sólo ellos, los motecas, conocían.

Lo que más lo torturaba era el olor, como si aun en

deseó: quiso, tuvo gana de
rato: momento □ el **olor a** cloroformo es muy fuerte
llenando: completando □ **quitándole la ropa**: desvistiéndolo
grisácea: un poco gris □ **cuidadosamente**: con mucha precaución □ las **enfermeras** cuidan a los enfermos □ **bromeaban** < broma; le decían bromas □ **si no hubiera**

llevaron: transportaron
la **placa** de la radio □ **todavía**: aún: *encore* □ **húmeda** ≠ seca corazón y pulmones están en el **pecho** □ **lápida**: losa, piedra con inscripción en las tumbas □ **alguien** ≠ nadie □ **delgado**: entre flaco y gordo □ **acercó** < cerca: aproximó
acomodaban: instalaban cómodamente
el hombre (s.e. vestido) **de blanco**
sonriendo < sonreír □ **algo**: alguna cosa ≠ nada
palmeó: dio golpecitos con la mano □ **mejilla**: *joue* □ **seña**: signo □ **parado** Am.: que estaba □ **atrás**: detrás de él ≠ delante

un **sueño** puede ser premonitorio; soñar: ver en sueño □ **lleno de**: con muchos □ **ya que**: *puisque* □ **pantano**: terreno cubierto de agua estancada poco profunda; en Am. se llaman **tembladerales**; son **marismas** cuando se inundan con aguas del mar □ **vino** < venir □ **fragancia**: perfume, olor agradable □ **compuesta** < componer
huyendo: escapando
andaban a caza de: estaban cazando
esconderse: disimularse, ocultarse □ **lo más denso**: la parte más densa □ **cuidando de**: tomando precauciones para □ **apartarse**: desviarse, alejarse □ **motecas**: nombre de pueblo indígena
aun: hasta, incluso: adv. *même*

la absoluta aceptación del sueño algo se rebelara contra eso que no era habitual, que hasta entonces no había participado del juego. « Huele a guerra », pensó, tocando instintivamente el puñal de piedra atravesado en su ceñidor de lana tejida. Un sonido inesperado lo hizo agacharse y quedar inmóvil, temblando. Tener miedo no era extraño, en sus sueños abundaba el miedo. Esperó, tapado por las ramas de un arbusto y la noche sin estrellas. Muy lejos, probablemente del otro lado del gran lago, debían estar ardiendo fuegos de vivac ; un resplandor rojizo teñía esa parte del cielo. El sonido no se repitió. Había sido como una rama quebrada. Tal vez un animal que escapaba como él del olor de la guerra. Se enderezó despacio, venteando. No se oía nada, pero el miedo seguía allí como el olor, ese incienso dulzón de la guerra florida. Había que seguir, llegar al corazón de la selva evitando las ciénagas. A tientas, agachándose a cada instante para tocar el suelo más duro de la calzada, dio algunos pasos. Hubiera querido echar a correr, pero los trembladerales palpitaban a su lado. En el sendero en tinieblas, buscó el rumbo. Entonces sintió una bocanada horrible del olor que más temía, y saltó desesperado hacia adelante.

—Se va a caer de la cama —dijo el enfermo de al lado—. No brinque tanto, amigazo.

Abrió los ojos y era de tarde, con el sol ya bajo en los ventanales de la larga sala. Mientras trataba de sonreír a su vecino, se despegó casi físicamente de la última visión de la pesadilla. El brazo, enyesado, colgaba de un aparato con pesas y poleas. Sintió sed, como si hubiera estado corriendo kilómetros, pero no querían darle mucha agua, apenas para mojarse los labios y hacer un

como si se rebelara
eso: *cela* □ **hasta entonces**: hasta aquel momento
huele < oler □ **tocando**: poniendo la mano en
puñal: arma blanca □ **atravesado en**: que cruzaba
ceñidor: cinturón □ **tejida** < tejer: entrecruzar hilos o fibras
agacharse: bajarse □ **temblando** < temblar de frío, miedo o terror □ **extraño**: raro, anormal □ **esperó**: aguardó
tapado: oculto, disimulado □ las **ramas** llevan hojas, flores, frutas □ las **estrellas** brillan de noche en el cielo □ **lejos** ≠ cerca □ **lago**: mar interior □ **vivac**: campamento militar
resplandor: luz, brillo □ **rojizo**: un poco rojo □ **teñía**: coloreaba □ **quebrada**: rota < romper

se enderezó: tomó la posición vertical □ **venteando**: olfateando
seguía: persistía □ se quema **incienso** en los templos □ **dulzón** < dulce: azucarado □ el **corazón** palpita en el pecho
ciénagas: pantanos □ **a tientas**: palpando, explorando en la obscuridad
algunos: unos pocos □ **hubiera**: habría □ **echar a**: ponerse a
sendero: senda, camino estrecho
tinieblas: obscuridad □ **buscó el rumbo**: trató de encontrar la dirección □ **bocanada**: llegada repentina □ **temía**: al que tenía miedo □ **hacia adelante**: *vers l'avant*

brinque < brincar: saltar □ **amigazo** fam.: amigo
abrió ≠ cerró □ **era de tarde**
ventanales: ventanas grandes, para que entren luz y aire
vecino: el que está en la cama más próxima □ **se despegó**: se separó □ **pesadilla**: sueño angustioso □ **enyesado**: para mantenerlo rígido □ **aparato**: máquina □ **pesas, poleas**: *poids, poulies* □ **sed**: gana de beber
mojarse: humedecerse

buche. La fiebre lo iba ganando despacio y hubiera podido dormirse otra vez, pero saboreaba el placer de quedarse despierto, entornados los ojos, escuchando el diálogo de los otros enfermos, respondiendo de cuando en cuando a alguna pregunta. Vio llegar un carrito blanco que pusieron al lado de su cama, una enfermera rubia le frotó con alcohol la cara anterior del muslo y le clavó una gruesa aguja conectada con un tubo que subía hasta un frasco lleno de líquido opalino. Un médico joven vino con un aparato de metal y cuero que le ajustó al brazo sano para verificar alguna cosa. Caía la noche, y la fiebre lo iba arrastrando blandamente a un estado donde las cosas tenían un relieve como de gemelos de teatro, eran reales y dulces y a la vez ligeramente repugnantes ; como estar viendo una película aburrida y pensar que sin embargo en la calle es peor ; y quedarse.

Vino una taza de maravilloso caldo de oro oliendo a puerro, a apio, a perejil. Un trocito de pan, más precioso que todo un banquete, se fue desmigajando poco a poco. El brazo no le dolía nada y solamente en la ceja, donde lo habían suturado, chirriaba a veces una punzada caliente y rápida. Cuando los ventanales de enfrente viraron a manchas de un azul oscuro, pensó que no le iba a ser difícil dormirse. Un poco incómodo, de espaldas, pero al pasarse la lengua por los labios resecos y calientes sintió el sabor del caldo, y suspiró de felicidad, abandonándose.

Primero fue una confusión, un atraer hacia sí todas las sensaciones por un instante embotadas o confundidas. Comprendía que estaba corriendo en plena oscuridad, aunque arriba el cielo cruzado de copas de árboles

hacer un buche: retener agua en la boca hinchando las mejillas □ **despacio**: lentamente
despierto ≠ dormido □ **entornados**: medio cerrados
de cuando en cuando: de vez en cuando, algunas veces, sin continuidad □ **carrito**: mesa con ruedas

rubia: con pelo del color del oro □ **cara**: lado, parte □ **muslo**: parte superior de la pierna □ **clavó**: introdujo □ **aguja**: *aiguille*
frasco: pequeña botella
los zapatos suelen ser de **cuero**

arrastrando: llevando, conduciendo

los **gemelos** permiten ver a los actores desde el fondo del teatro □ **a la vez**: al mismo tiempo □ **película**: filme
aburrida ≠ divertida, que distrae □ **sin embargo**: *cependant* □ **peor** ≠ mejor
caldo: *bouillon*
puerro, apio, perejil: *poireau, céleri, persil* □ **trocito** < trozo: pedazo, fragmento □ **desmigajando**: deshaciéndose en minúsculos fragmentos □ **nada**: en absoluto, de ningún modo
chirriaba una punzada: le afligía, le atormentaba un dolor intermitente, violento y agudo
enfrente ≠ detrás □ **viraron a**: se convirtieron en □ **manchas**: *taches* □ **incómodo** ≠ a gusto
de espaldas: tendido boca arriba
resecos: muy secos □ **calientes** ≠ fríos

un atraer...: reunió en sí mismo las sensaciones
embotadas: que han perdido fuerza e intensidad

arriba ≠ abajo □ **copas**: cimas, conjunto de las ramas

era menos negro que el resto. « La calzada », pensó. « Me salí de la calzada. » Sus pies se hundían en un colchón de hojas y barro, y ya no podía dar un paso sin que las ramas de los arbustos le azotaran el torso y las piernas. Jadeante sabiéndose acorralado a pesar de la oscuridad y el silencio, se agachó para escuchar. Tal vez la calzada estaba cerca, con la primera luz del día iba a verla otra vez. Nada podía ayudarlo ahora a encontrarla. La mano que sin saberlo él aferraba el mango del puñal, subió como el escorpión de los pantanos hasta su cuello, donde colgaba el amuleto protector. Moviendo apenas los labios musitó la plegaria del maíz que trae las lunas felices, y la súplica a la Muy Alta, a la dispensadora de los bienes motecas. Pero sentía al mismo tiempo que los tobillos se le estaban hundiendo despacio en el barro, la espera en la oscuridad del chaparral desconocido se le hacía insoportable. La guerra florida había empezado con la luna y llevaba ya tres días y tres noches. Si conseguía refugiarse en lo profundo de la selva, abandonando la calzada más allá de la región de las ciénagas, quizás los guerreros no le siguieran el rastro. Pensó en los muchos prisioneros que ya habían hecho. Pero la cantidad no contaba, sino el tiempo sagrado. La caza continuaría hasta que los sacerdotes dieran la señal del regreso. Todo tenía su número y su fin, y él estaba dentro del tiempo sagrado, del otro lado de los cazadores.

Oyó los gritos y se enderezó de un salto, puñal en mano. Como si el cielo se incendiara en el horizonte, vio antorchas moviéndose entre las ramas, muy cerca. El olor a guerra era insoportable, y cuando el primer enemigo le saltó al cuello casi sintió placer en hundirle

se hundían: penetraban profundamente □ el **colchón** blando de lana hace la cama cómoda para dormir □ la tierra impregnada de agua forma **barro** □ **azotaran**: chicotearan
jadeante: casi sofocando □ **acorralado**: cercado, rodeado sin poder escapar, como un animal perseguido por los cazadores

ayudarlo: asistirlo, secundarlo
aferraba: asía, cogía fuertemente □ el puñal se coge por el **mango** □ **escorpión**: animal venenoso □ el **cuello** sostiene la cabeza □ **colgaba**: estaba suspendido
musitó: susurró, dijo sin emitir voz □ **plegaria**: oración, súplica dirigida a los dioses □ **felices**: que traen felicidad

tobillos: articulaciones entre pie y pierna
espera ≠ esperanza □ **chaparral**: terreno cubierto de arbustos □ **se le hacía...**: era cada vez más insoportable para él
llevaba: duraba ya desde hacía
conseguía: lograba, podía
más allá de: una vez atravesada, después de pasar
quizás + subj. □ **rastro**: señales dejadas por su paso, huellas, pista □ **pensó en**
no...sino: *ne...pas...mais*
sacerdotes: ministros del culto □ **dieran** < dar
regreso > regresar, volver
del otro lado de: frente a

como si...se incendiara
al arder, las **antorchas** dan luz

la hoja de piedra en pleno pecho. Ya lo rodeaban las luces, los gritos alegres. Alcanzó a cortar el aire una o dos veces, y entonces una soga lo atrapó desde atrás.

—Es la fiebre —dijo el de la cama de al lado—. A mí me pasaba igual cuando me operé del duodeno. Tome agua y va a ver que duerme bien.

Al lado de la noche de donde volvía, la penumbra tibia de la sala le pareció deliciosa. Una lámpara violeta velaba en lo alto de la pared del fondo como un ojo protector. Se oía toser, respirar fuerte, a veces un diálogo en voz baja. Todo era grato y seguro, sin ese acoso, sin... Pero no quería seguir pensando en la pesadilla. Había tantas cosas en qué entretenerse. Se puso a mirar el yeso del brazo, las poleas que tan cómodamente se lo sostenían en el aire. Le habían puesto una botella de agua mineral en la mesa de noche. Bebió del gollete, golosamente. Distinguía ahora las formas de la sala, las treinta camas, los armarios con vitrinas. Ya no debía tener tanta fiebre, sentía fresca la cara. La ceja le dolía apenas, como un recuerdo. Se vio otra vez saliendo del hotel, sacando la moto. ¿Quién hubiera pensado que la cosa iba a acabar así? Trataba de fijar el momento del accidente, y le dio rabia advertir que había ahí como un hueco, un vacío que no alcanzaba a rellenar. Entre el choque y el momento en que lo habían levantado del suelo, un desmayo o lo que fuera no le dejaba ver nada. Y al mismo tiempo tenía la sensación de que ese hueco, esa nada, había durado una eternidad. No, ni siquiera tiempo, más bien como si en ese hueco él hubiera pasado a través de algo o recorrido distancias inmensas. El choque, el golpe brutal contra el pavimento. De todas maneras al salir del pozo negro

hoja: lámina cortante □ **lo rodeaban**: se colocaban alrededor de él □ **alcanzó a**: consiguió, logró, pudo
soga: cuerda
el (enfermo) **de la cama** vecina
igual: lo mismo □ **tome** (Usted): forma imperativa; Am.: beba

tibia: entre caliente y fría □ la **lámpara** ilumina, da luz
velaba: hacía guardia durante la noche □ **la pared**: el muro
toser: *tousser*
grato: agradable □ **seguro**: sin riesgo ni peligro
acoso > acosar: perseguir sin descanso □ **seguir pensando en**: continuidad □ **entretenerse**: distraerse
yeso: *plâtre*

del gollete: sin usar vaso □ **golosamente**: ávidamente

ya no: no...más □ **fresca**: agradablemente fría

acabar: terminar
fijar: recordar □ **rabia**: furor, cólera □ **advertir**: notar, darse cuenta de □ **ahí**: *là* □ **hueco**: intervalo vacío (≠ lleno)
rellenar: completar
desmayo: momento en que perdió el conocimiento □ **lo que fuera**: cualquier otra cosa
la nada: la absoluta inexistencia
ni siquiera: *même pas* □ **más bien**: al contrario
recorrido: andado
□ **pavimento**: lo que recubre el suelo de la calzada
pozo: hoyo profundo en la tierra de donde se saca agua

había sentido casi un alivio mientras los hombres lo alzaban del suelo. Con el dolor del brazo roto, la sangre de la ceja partida, la contusión en la rodilla; con todo eso, un alivio al volver al día y sentirse sostenido y auxiliado. Y era raro. Le preguntaría alguna vez al médico de la oficina. Ahora volvía a ganarlo el sueño, a tirarlo despacio hacia abajo. La almohada era tan blanda, y en su garganta afiebrada la frescura del agua mineral. Quizá pudiera descansar de veras, sin las malditas pesadillas. La luz violeta de la lámpara en lo alto se iba apagando poco a poco.

Como dormía de espaldas, no lo sorprendió la posición en que volvía a reconocerse, pero en cambio el olor a humedad, a piedra rezumante de filtraciones, le cerró la garganta y lo obligó a comprender. Inútil abrir los ojos y mirar en todas direcciones; lo envolvía una oscuridad absoluta. Quiso enderezarse y sintió las sogas en las muñecas y los tobillos. Estaba estaqueado en el suelo, en un piso de lajas helado y húmedo. El frío le ganaba la espalda desnuda, las piernas. Con el mentón buscó torpemente el contacto con su amuleto, y supo que se lo habían arrancado. Ahora estaba perdido, ninguna plegaria podía salvarlo del final. Lejanamente, como filtrándose entre las piedras del calabozo, oyó los atabales de la fiesta. Lo habían traído al teocalli, estaba en las mazmorras del templo a la espera de su turno.

Oyó gritar, un grito ronco que rebotaba en las paredes. Otro grito, acabando en un quejido. Era él que gritaba en las tinieblas, gritaba porque estaba vivo, todo su cuerpo se defendía con el grito de lo que iba a venir, del final inevitable. Pensó en sus compañeros que llenarían otras mazmorras, y en los que ascendían ya los

con: a pesar de □ **roto** < romper

partida: dividida: aquí, abierta, cortada □ **con todo eso**: a pesar de eso

auxiliado: ayudado □ **alguna vez**: cuando se ofreciera la oportunidad □ **oficina**: *bureau* □ **volvía a...**: ganaba otra vez □ **sueño**: gana de dormir □ la **almohada** en que reposa la cabeza en la cama □ **afiebrada**: con fiebre □ **frescura** < fresco

descansar: reposar ≠ cansarse □ **de veras**: verdaderamente

malditas < maldecir

apagando ≠ encendiendo

volvía a reconocerse: se reconocía de nuevo

rezumante < rezumar: el agua retenida en la piedra sale a la superficie

envolvía: rodeaba por todas partes

muñecas: articulaciones de la mano con el brazo □ **estaqueado**: atado a estacas *(pieux)* □ **piso de lajas**: pavimento de piedras llanas □ **helado**: muy frío □ **desnuda**: no protegida por vestidos □ **torpemente**: con dificultad □ **supo** < saber

arrancado: quitado por fuerza, contra su voluntad

salvar: librar de un gran peligro □ **lejanamente**: lejos

calabozo: prisión, cárcel subterránea para encerrar presos

atabales: timbales, tambores hemisféricos □ **teocalli**: pirámide

mazmorras: calabozos subterráneos

ronco: muy bajo, sin sonoridad □ **rebotaba**: se repercutía

quejido: lamento, grito del que sufre

vivo: en vida

llenarían: debían de llenar □ **ascendían**: subían

peldaños del sacrificio. Gritó de nuevo sofocadamente, casi no podía abrir la boca, tenía mandíbulas agarrotadas y a la vez como si fueran de goma y se abrieran lentamente, con un esfuerzo interminable. El chirriar de los cerrojos lo sacudió como un látigo. Convulso, retorciéndose, luchó por zafarse de las cuerdas que se le hundían en la carne. Su brazo derecho, el más fuerte, tiraba hasta que el dolor se hizo intolerable y tuvo que ceder. Vio abrirse la doble puerta, y el olor de las antorchas le llegó antes que la luz. Apenas ceñidos con el taparrabos de la ceremonia, los acólitos de los sacerdotes se le acercaron mirándolo con desprecio. Las luces se reflejaban en los torsos sudados, en el pelo negro lleno de plumas. Cedieron las sogas, y en su lugar lo aferraron manos calientes, duras como bronce; se sintió alzado, siempre boca arriba, tironeado por los cuatro acólitos que lo llevaban por el pasadizo. Los portadores de antorchas iban adelante, alumbrando vagamente el corredor de paredes mojadas y techo tan bajo que los acólitos debían agachar la cabeza. Ahora lo llevaban, lo llevaban, era el final. Boca arriba, a un metro del techo de roca viva que por momentos se iluminaba con un reflejo de antorcha. Cuando en vez de techo nacieran las estrellas y se alzara frente a él la escalinata incendiada de gritos y danzas, sería el fin. El pasadizo no acababa nunca, pero ya iba a acabar, de repente olería el aire lleno de estrellas, pero todavía no, andaban llevándolo sin fin en la penumbra roja, tironeándolo brutalmente, y él no quería, pero cómo impedirlo si le habían arrancado el amuleto que era su verdadero corazón, el centro de la vida.

Salió de un brinco a la noche del hospital, al alto

peldaños: escalones de una escalera □ **sofocadamente**: de manera apagada □ los dientes están implantados en las **mandíbulas** □ **agarrotadas**: rígidas □ **goma**: los neumáticos de los coches son de goma □ **chirriar**: sonido agudo y desagradable □ una puerta se puede cerrar con llave o con **cerrojos** □ **retorciéndose**: *se tordant* □ **luchó...cuerdas**: utilizó todas sus fuerzas para librarse de las sogas □ la **carne** constituye los músculos □ **hizo** < hacer □ **tuvo** < tener

antes que □ **ceñidos con**: llevando alrededor de la cintura

el taparrabos: le *pagne*

desprecio: menosprecio, desdén

se reflejaban...: reverberaban en los torsos brillantes del sudor de la transpiración

aferraron: sujetaron, agarraron □ el **bronce** es un metal

tironeado Am.: estironeado: sacudido, meneado brutalmente

pasadizo: pasillo, corredor

alumbrando: iluminando, dando luz a

mojadas: cubiertas de agua □ las paredes sostienen el **techo**

roca viva: roca desnuda, sin revestimiento

en vez de: en lugar de

cuando...nacieran: aparecieran

escalinata: escalera exterior monumental

de repente: de golpe □ **todavía**: aún

andaban: caminaban

impedirlo: oponerse a ello, hacerlo imposible

de un brinco: de un salto

cielo raso dulce, a la sombra blanda que lo rodeaba. Pensó que debía haber gritado, pero sus vecinos dormían callados. En la mesa de noche, la botella de agua tenía algo de burbuja, de imagen traslúcida contra la sombra azulada de los ventanales. Jadeó, buscando el alivio de los pulmones, el olvido de esas imágenes que seguían pegadas a sus párpados. Cada vez que cerraba los ojos las veía formarse instantáneamente, y se enderezaba aterrado pero gozando a la vez del saber que ahora estaba despierto, que la vigilia lo protegía, que pronto iba a amanecer, con el buen sueño profundo que se tiene a esa hora, sin imágenes, sin nada... Le costaba mantener los ojos abiertos, la modorra era más fuerte que él. Hizo un último esfuerzo, con la mano sana esbozó un gesto hacia la botella de agua; no llegó a tomarla, sus dedos se cerraron en un vacío otra vez negro, y el pasadizo seguía interminable, roca tras roca, con súbitas fulguraciones rojizas, y él boca arriba gimió apagadamente porque el techo iba a acabarse, subía, abriéndose como una boca de sombra, y los acólitos se enderezaban y de la altura una luna menguante le cayó en la cara donde los ojos no querían verla, desesperadamente se cerraban y abrían buscando pasar al otro lado, descubrir de nuevo el cielo raso protector de la sala. Y cada vez que se abrían era la noche y la luna mientras lo subían por la escalinata, ahora con la cabeza colgando hacia abajo, y en lo alto estaban las hogueras, las rojas columnas de humo perfumado, y de golpe vio la piedra roja, brillante de sangre que chorreaba, y el vaivén de los pies del sacrificado que arrastraban para tirarlo rodando por las escalinatas del norte. Con una última esperanza apretó los párpados, gimiendo por despertar.

cielo raso: techo □ **sombra**: penumbra

callados: en silencio
tenía algo de: parecía □ las **burbujas** de aire suben y estallan en la superficie del agua □ **azulada**: casi azul
olvido ≠ recuerdo
seguían pegadas: permanecían adheridas □ los **párpados** protegen y cubren los ojos
gozando: disfrutando, saboreando el hecho de saber
vigilia: estado del que está despierto ≠ sueño
pronto: dentro de poco □ **amanecer**: aparecer la luz del día
le costaba: le resultaba difícil, penoso
modorra: somnolencia pesada, adormecimiento
sana: que no está herida, en buen estado
esbozó: hizo vagamente
tomar: coger, agarrar □ los cinco **dedos** de la mano
roca tras roca: una roca después de otra
súbitas: repentinas □ **fulguraciones**: luces vivas □ **gimió** < gemir □ **apagadamente**: sordamente

de la altura: desde lo alto, desde arriba □ **menguante**: decreciente

mucha gente herética fue quemada en las **hogueras** de la Inquisición
chorreaba: corría a chorro, en abundancia □ **vaivén** < va y ven: balanceo □ **arrastraban**: llevaban tras de sí □ **tirar**: echar, lanzar, arrojar □ **rodando**: como una bola
apretó: cerró fuertemente

Durante un segundo creyó que lo lograría, porque otra vez estaba inmóvil en la cama, a salvo del balanceo cabeza abajo. Pero olía a muerte, y cuando abrió los ojos vio la figura ensangrentada del sacrificador que venía hacia él con el cuchillo de piedra en la mano. Alcanzó a cerrar otra vez los párpados, aunque ahora sabía que no iba a despertarse, que estaba despierto, que el sueño maravilloso había sido el otro, absurdo como todos los sueños ; un sueño en el que había andado por extrañas avenidas de una ciudad asombrosa, con luces verdes y rojas que ardían sin llama ni humo, con un enorme insecto de metal que zumbaba bajo sus piernas. En la mentira infinita de ese sueño también lo habían alzado del suelo, también alguien se le había acercado con un cuchillo en la mano, a él tendido boca arriba, a él boca arriba con los ojos cerrados entre las hogueras.

lo lograría: lo conseguiría; llegaría, alcanzaría a despertar
a salvo de: protegido de, sin tener que soportar

figura: imagen, personaje ≠ cara, rostro □ **ensangrentada**: cubierta de sangre □ **cuchillo**: con mango y hoja, como el puñal

maravilloso: espléndido

extrañas: raras, desconocidas □ **asombroso**: que causa admiración o sorpresa
zumbaba: producía un sonido sordo, como el de ciertos insectos al volar, o el de un motor □ **mentira** < mentir: cosa que se dice sabiendo que no es verdad, para engañar

Grammaire au fil des nouvelles

Traduisez les phrases suivantes inspirées du texte (le premier chiffre renvoie aux pages, les suivants aux lignes ; les chiffres en gras renvoient à la Grammaire active de l'espagnol *publiée au Livre de Poche).*

Le gardien lui permettait de **ranger sa moto dans un recoin** (104 - 9). **Cela l'*****empêcha d'*****éviter l'accident** (prép., 104 - 25, **208**).

S'il n'y avait pas eu ses crampes d'estomac, il se *serait senti très bien* (*si* + subj. imp. ; auxil., 108 - 7, **302-192**).

On **bougeait *son* bras avec précaution, *sans qu'*en aucune façon il lui fît mal** ("on" ; poss. ; *sin que* ; *doler*, 108 - 4,5, 112 - 21, **242-260-206**).

L'homme *en* blanc s'approcha *de* lui, avec *quelque chose* qui brillait dans *sa* main et il fit un signe à *quelqu'un* (prép. ; indéf. ; poss., 108 - 16,17, **116-76-260**).

Il devait **fuir les Aztèques et sa seule chance était de se cacher au plus épais de la forêt** (oblig. ; prép., *lo*, 108 - 27,29, **250-116-20**).

Il sentit une bouffée de l'odeur qu'il craignait *le plus* (110 - 22, **56**).

Il eut soif, *comme s'il* avait couru des kilomètres (subj., 110 - 30, **210**).

La guerre *durait déjà depuis* trois jours (*llevar*, 114 - 18, **238**).

Peut-être **les guerriers ne suivaient-ils pas *sa* trace** (*quizás* + subj. ; poss., 114 - 21, **214-260**).

La chasse continuerait *jusqu'à ce que* les prêtres donnent le signal du retour (*hasta que* + subj. ; c.d.t., 114 - 24, **308-216**).

Il ne voulait pas *continuer à* penser *au* cauchemar (*seguir* + gér. ; prép., 116 - 12, **238**).

Qui aurait pensé que les choses allaient se terminer ainsi ? (subj. en *-ra*, 116 - 22, **190**).

Les cordes s'enfonçaient dans *ses* chairs, la douleur *devint* intolérable (poss. ; devenir, 120 - 7,8, **260-278**).

Quand **les étoiles *surgiraient et que* l'escalier *se dresserait* face à lui, ce serait la fin** (tempor. au cond. ; que, 120 - 24, **308**).

Il *avait dû* crier ("devoir", 122 - 2, **220**).

En nombre de Boby

Ayer cumplió los ocho años, le hicimos una linda fiesta y Boby estuvo contento con el tren a cuerda, la pelota de fútbol y la torta con velitas. Mi hermana había tenido miedo de que justamente en esos días viniera con malas notas de la escuela pero fue al revés, mejoró en aritmética y en lectura y no había motivo para suprimirle los juguetes, al contrario. Le dijimos que invitara a sus amigos y trajo al Beto y a Juanita; también vino Mario Panzani pero se quedó poco porque el padre estaba enfermo. Mi hermana los dejó jugar en el patio hasta la noche y Boby estrenó la pelota, aunque las dos teníamos miedo de que nos rompieran las plantas con el entusiasmo. Cuando fue la hora de la naranjada y la torta con velitas le cantamos a coro el « apio verde » y nos reímos mucho porque todo el mundo estaba contento, sobre todo Boby y mi hermana; yo, claro, no dejé de vigilar a Boby y eso que me parecía estar perdiendo el tiempo, vigilando qué si no había nada que vigilar; pero lo mismo vigilándolo a Boby cuando él estaba distraído, buscándole esa mirada que mi hermana no parece advertir y que me hace tanto daño.

Ese día solamente la miró así una vez, justo cuando mi hermana encendía las velitas, apenas un segundo antes de bajar los ojos y decir como el niño bien educado que es: « Muy linda la torta, mamá », y Juanita aprobó también, y Mario Panzani. Yo había puesto el cuchillo largo para que Boby cortara la torta y en ese momento sobre todo lo vigilé desde la otra punta de la mesa, pero Boby estaba tan contento con la torta que apenas la miró así a mi hermana y se concentró en la tarea de cortar las tajadas bien igualitas y repartirlas.

hoy es martes, **ayer** era lunes □ **cumplió**: tuvo □ **hicimos** < hacer □ **a cuerda**: mecánico, que funciona dándole cuerda al resorte con una llave □ **pelota**: balón □ la **torta** tiene ocho **velitas**; la vela alumbra la casa cuando no hay electricidad □ el peligro provoca **miedo** o temor □ **al revés**: todo lo contrario □ **mejoró** < mejor

se ofrecen **juguetes** a los niños para jugar □ **dijimos** < decir

trajo < traer: venir con

vino < venir □ **se quedó poco**: estuvo poco tiempo en casa de Boby □ **enfermo**: en mal estado de salud

aunque + ind.: *bien que*

rompieran: estropearan, deterioraran

naranjada: bebida hecha con jugo de naranja □ **a coro**: todos juntos □ **"apio verde"**: deformación de "happy birthday"

es mi **hermana** porque tenemos los mismos padres

no dejé de vigilar: observé sin cesar □ **y eso que**: sin embargo: *et pourtant*

lo mismo: a pesar de todo

distraído < distraer > distracción □ **buscándole**: tratando de encontrarle □ **advertir**: notar, observar □ **hace daño**: hace sufrir

encendía < encender: se enciende la luz al caer la noche

bajar ≠ levantar, alzar

linda: bonita, agradable de mirar

aprobó: estuvo de acuerdo □ **puesto** < poner

se utiliza un **cuchillo** para **cortar** el pan, la carne, una torta

punta: extremidad (de una mesa, de la nariz, de los dedos...)

así: de esa manera

tarea: trabajo □ **tajada**: porción □ **igualitas** < iguales

« Vos la primera, mamá », dijo Boby dándole su tajada, y después a Juanita y a mí porque primero las damas. En seguida se fueron al patio para seguir jugando salvo Mario Panzani que tenía al padre enfermo, pero antes Boby le dijo de nuevo a mi hermana que la torta estaba muy rica, y a mí vino corriendo y me saltó al pescuezo para darme uno de sus besos húmedos. « Qué lindo el trencito, tía », y por la noche se me trepó a las rodillas para confiarme el gran secreto : « Ahora tengo ocho años, sabés, tía ».

Nos acostamos bastante tarde, pero era sábado y Boby podía remolonear como nosotras hasta entrada la mañana. Yo fui la última en irme a la cama y antes me ocupé de arreglar el comedor y poner las sillas en su sitio, los chicos habían jugado al barco hundido y a otros juegos que siempre dejan la casa patas arriba. Guardé el cuchillo largo y antes de acostarme vi que mi hermana ya dormía como una bendita ; fui hasta la piecita de Boby y lo miré, estaba boca abajo como le gustaba ponerse desde chiquito, ya había tirado las sábanas al suelo y tenía una pierna fuera de la cama, pero dormía tan bien con la cara enterrada en la almohada. Si yo hubiera tenido un hijo también lo habría dejado dormir así, pero para qué pensar en esas cosas. Me acosté y no quise leer, capaz que hice mal porque no me venía el sueño y me pasaba lo de siempre a esa hora en que se pierde la voluntad y las ideas saltan de todos lados y parecen ciertas, todo lo que se piensa de golpe es cierto y casi siempre horrible y no hay manera de quitárselo de encima ni rezando. Bebí agua con azúcar y esperé contando desde trescientos, de atrás para adelante que es más difícil y hace venir el sueño ;

vos Am. : substituye a “tú”
primero : en primer lugar
en seguida : al instante, sin esperar más □ **seguir jugando** : idea de continuidad □ **salvo** : excepto, menos □ **antes** ≠ después, luego □ **estaba muy rica** : estaba muy buena ≠ este señor es rico : posee mucho □ **pescuezo** : aquí : cuello

trencito < tren □ **se me trepó a las rodillas** : se subió a mis rodillas (parte superior de las piernas)
sabés (vos) Am. : sabes (tú) □ **tía** : hermana de su madre
nos acostamos : nos echamos para dormir en la cama
remolonear : quedarse en la cama □ **entrada** : hasta una hora avanzada de la mañana □ **la última** (≠ primera) en
arreglar : poner en orden □ **comedor** : sala donde se come □ **sillas** : donde sentarse, alrededor de la mesa □ **hundido** : naufragado □ **patas arriba** : en total desorden
guardé : volví a poner en su sitio □ **largo** ≠ corto
...bendita : profunda y relajadamente □ **hasta** : *jusqu'à*
piecita Am. : < pieza : cuarto de dormir, habitación □ **boca abajo** : tumbado con la boca hacia abajo □ **tirado** : lanzado, hecho caer □ dormir entre las **sábanas** blancas □ **pierna** : miembro inferior □ **fuera** ≠ dentro □ **enterrada** : hundida
en la cama, la cabeza reposa en la **almohada** □ Boby es **hijo** único : no tiene hermanos
quise (yo) < querer □ **capaz que** Am. : posiblemente, acaso □ **hice** (yo) < hacer □ **...sueño** : no podía dormirme □ **lo de siempre** : lo mismo que siempre □ **saltan** : surgen, salen

de golpe : de repente, súbitamente □ **no hay manera de** : es imposible □ **quitárselo de encima** : rechazarlo □ **ni** : *pas même* □ **rezando** : dirigiendo súplicas y oraciones a Dios y a los santos □ el **azúcar** hace más dulce el café □ **...adelante** : de trescientos a uno

justo cuando ya estaba por dormirme me entró la duda si había guardado el cuchillo o si estaba todavía en la mesa. Era sonso porque había ordenado cada cosa y me acordaba que había puesto el cuchillo en el cajón de abajo de la alacena, pero lo mismo. Me levanté y claro, estaba ahí en el cajón mezclado con los otros cubiertos de trinchar. No sé por qué tuve como ganas de guardarlo en mi dormitorio, hasta lo saqué un momento pero ya era demasiado, me miré en el espejo y me hice una morisqueta. Tampoco eso me gustó mucho a esa hora, y entonces me serví un vasito de anís aunque era una imprudencia con mi hígado, y lo tomé de a sorbitos en la cama para ir buscando el sueño ; de a ratos se oía roncar a mi hermana, y Boby como siempre hablaba o se quejaba.

Justo cuando ya me dormía todo volvió de golpe, la primera vez que Boby le había preguntado a mi hermana por qué era mala con él y mi hermana que es una santa, eso dicen todos, se había quedado mirándolo como si fuera una broma y hasta se había reído, pero yo que estaba ahí preparando el mate me acuerdo que Boby no se rió, al contrario estaba como afligido y quería saber, en esa época debía tener ya siete años y siempre hacía preguntas raras como todos los chicos, me acuerdo del día en que me preguntó a mí por qué los árboles eran diferentes de nosotros y yo a mi vez le pregunté por qué y Boby dijo : « Pero tía, ellos se abrigan en verano y se desabrigan en invierno », y yo me quedé con la boca abierta porque realmente, ese chico ; todos son así, pero en fin. Y ahora mi hermana lo miraba extrañada, ella no había sido nunca mala con él, se lo dijo, solamente severa a veces cuando se portaba mal o

estaba por: estaba a punto de, iba a □ **...duda**: me pregunté, dudé □ **estaba todavía**: estaba aún, seguía

sonso: tonto, estúpido □ **me acordaba**: tenía presente en la memoria ≠ olvidaba □ **cajón**: *tiroir*

alacena: armario de cocina □ **lo mismo**: no importaba

mezclado con: junto con, entre □ los **cubiertos** sirven para comer □ **trinchar**: cortar □ **ganas**: deseos

dormitorio: habitación, cuarto de dormir □ **hasta**: incluso: *même* □ **demasiado**: excesivo □ el **espejo** refleja su imagen

morisqueta Am.: mueca: gesto feo o cómico de la cara □ **tampoco** ≠ también

el **hígado** secreta la bilis para la digestión □ **...sorbitos**: lo bebí por pequeñas cantidades □ **de a ratos**: por momentos

roncar: producir sonidos roncos al respirar cuando se duerme

se quejaba: gemía, como si sufriera

volvió: a mi memoria

preguntado ≠ pedido

...broma: como si lo dijera para hacerla reír

mate Arg.: infusión hecha con la planta del mismo nombre; especie de té □ **afligido**: entristecido, con expresión triste

raras: sorprendentes, extrañas

vez: turno

se abrigan: se cubren, se visten

las cuatro estaciones son la primavera, el **verano,** el otoño, el **invierno** □ **abierta** < abrir

extrañada: sorprendida □ **se lo dijo**: lo dijo a él (se = le)

se portaba mal: se comportaba, se conducía mal

estaba enfermo y había que hacerle cosas que no le gustaban, también las mamás de Juanita o de Mario Panzani eran severas con sus hijos cuando hacía falta, pero Boby la seguía mirando triste y al final explicó que no era de día, que ella era mala de noche cuando él estaba durmiendo, y las dos nos quedamos de una pieza y creo que fui yo la que empezó a explicarle que nadie tiene la culpa de lo que pasa en los sueños, que habría sido una pesadilla y ya está, no tenía que preocuparse. Ese día Boby no insistió, él siempre aceptaba nuestras explicaciones y no era un chico difícil, pero unos días después amaneció llorando a gritos y cuando yo llegué a su cama me abrazó y no quiso hablar, solamente lloraba y lloraba, otra pesadilla seguro, hasta que al mediodía se acordó de golpe en la mesa y volvió a preguntarle a mi hermana por qué cuando él estaba durmiendo ella era tan mala con él. Esta vez mi hermana lo tomó a pecho, le dijo que ya era demasiado grande para no distinguir y que si seguía insistiendo con eso le iba a avisar al doctor Kaplan porque a lo mejor tenía lombrices o apendicitis y había que hacerle algo. Yo sentí que Boby se iba a poner a llorar y me apuré a explicarle de nuevo lo de las pesadillas, tenía que darse cuenta de que nadie lo quería tanto como su mamá, ni siquiera yo que lo quería tanto, y Boby escuchaba muy serio, secándose una lágrima, y dijo que claro, que él sabía, se bajó de la silla para ir a besar a mi hermana que no sabía qué hacer, y después se quedó pensativo mirando al aire, y por la tarde lo fui a buscar al patio y le pedí que me contara a mí que era su tía, a mí podía confiarme todo como a su mamá, y si no quería decírselo a ella que me lo dijera a mí. Se sentía que no quería hablar, le costaba demasiado pero

estaba enfermo: estaba malo ≠ era malo □ **cosas que no le gustaban**
hacía falta: era necesario

de día, de noche
las dos: *toutes les deux* □ **de una pieza**: paralizadas por la sorpresa, petrificadas □ **fui yo la que**
tiene la culpa: es responsable □ los **sueños** se producen durante el sueño □ **pesadilla**: sueño angustioso □ **ya está**: nada más □ **no tenía que**: no debía

amaneció llorando a gritos: despertó al amanecer llorando muy fuerte □ **abrazó**: tomó y apretó entre sus brazos
seguro: seguramente
volvió a preguntarle: le preguntó de nuevo

a pecho: en serio
ya: ahora □ **distinguir**: hacer la diferencia
avisar: llamar
a lo mejor: posiblemente, tal vez □ **lombrices**: parásitos del intestino □ **algo** ≠ nada □ **sentí**: me di cuenta □ **se iba a poner**: iba a ponerse □ **me apuré**: me apresuré, me di prisa □ **lo de**: esta cuestión de, lo que eran □ **nadie** ≠ alguien
ni siquiera: *pas même*
las **lágrimas** corren de los ojos al llorar y resbalan por la cara
se bajó de ≠ se subió a, se trepó a
besar: dar besos

pedí que contara

decírselo: se = le (a ella) □ (le pedí) **que me lo dijera**
le costaba demasiado: le era demasiado difícil, penoso

al final dijo algo como que de noche todo era distinto, habló de unos trapos negros, de que no podía soltar las manos ni los pies, cualquiera tiene pesadillas así pero era una lástima que Boby las tuviera justamente con mi hermana que tantos sacrificios había hecho por él, se lo dije y se lo repetí y él claro, estaba de acuerdo, claro que sí.

Justo después de eso mi hermana tuvo la pleuresía y a mí me tocó ocuparme de todo, Boby no me daba trabajo porque con lo chiquito que era se las arreglaba casi solo, me acuerdo que entraba a ver a mi hermana y se quedaba al lado de la cama sin hablar, esperando que ella le sonriera o le acariciara el pelo, y después se iba a jugar calladito al patio o a leer a la sala ; ni siquiera tuve necesidad de decirle que no tocara el piano en esos días, con lo mucho que le gustaba. La primera vez que lo vi triste le expliqué que su mamá ya estaba mejor y que al otro día se levantaría un rato a tomar sol. Boby hizo un gesto raro y me miró de reojo ; no sé, la idea me vino de golpe y le pregunté si de nuevo estaba con las pesadillas. Se puso a llorar muy callado, escondiendo la cara, después dijo que sí, que por qué su mamá era así con él ; esa vez me di cuenta de que tenía miedo, cuando le bajé las manos para secarle la cara le vi el miedo y me costó hacerme la indiferente y explicarle de nuevo que no eran más que sueños. « A ella no le digas nada, le pedí, fíjate que todavía está débil y se va a impresionar ». Boby asintió callado, tenía tanta confianza en mí, pero más tarde llegué a pensar que lo había tomado al pie de la letra porque ni siquiera cuando mi hermana estaba convaleciente le habló otra vez de eso, yo se lo

trapos: pedazos de tela vieja □ **soltar**: liberar
cualquiera: *n'importe qui*
era una lástima: daba pena, era triste
por él: en su favor □ **se lo dije, se lo repetí**: se = le

la **pleuresía** es una enfermedad
a mí me tocó: me tocó la obligación de, tuve que
con lo chiquito que era: aunque era muy chico, joven □ **se las arreglaba**: era capaz de hacer las cosas por sí mismo

sonriera < sonreír □ **acariciara el pelo**: tocara suavemente los cabellos □ **calladito** < callado: sin hacer ruido □ **sala**: salón
tocara < tocar bien o mal un instrumento de música
con lo mucho que le gustaba: aunque le gustaba mucho
estaba mejor: de salud, ya no estaba enferma □ **al otro día**: pronto, dentro de poco
de reojo: oblicuamente
estaba con: tenía
se puso a: se echó a □ **callado**: en silencio □ **escondiendo**: disimulando, tapándose □ **cara**: parte anterior de la cabeza

le vi el miedo: vi su miedo
hacerme la: parecer, simular, fingir □ **no eran más que**: sólo eran, no eran sino □ **ella**: tu mamá □ **fíjate**: date cuenta
está débil: no tiene fuerzas
asintió: se mostró de acuerdo

se lo: se = le

adivinaba algunas mañanas cuando lo veía salir de su cuarto con esa expresión perdida, y también porque se quedaba todo el tiempo conmigo, rondándome en la cocina. Una o dos veces no pude más y le hablé en el patio o cuando lo bañaba, y era siempre lo mismo, haciendo un esfuerzo para no llorar, tragándose las palabras, por qué su mamá era así con él de noche, pero más allá no podía ir, lloraba demasiado. Yo no quería que mi hermana se enterara porque había quedado mal de la pleuresía y capaz que la afectaba demasiado, se lo expliqué de nuevo a Boby que comprendía muy bien, a mí en cambio podía contarme cualquier cosa, ya iba a ver que cuando creciera un poco más iba a dejar de tener esas pesadillas; mejor que no comiera tanto pan por la noche, yo le iba a preguntar al doctor Kaplan si no le convendría algún laxante para dormir sin malos sueños. No le pregunté nada, claro, era difícil hablarle de una cosa así al doctor Kaplan que tenía tanta clientela y no estaba para perder el tiempo. No sé si hice bien pero Boby poco a poco dejó de preocuparme tanto, a veces lo veía con ese aire un poco perdido por las mañanas y me decía que a lo mejor de nuevo y entonces esperaba que él viniera a confiarse, pero Boby se ponía a dibujar o se iba a la escuela sin decirme nada y volvía contento y cada día más fuerte y sano y con las mejores notas.

La última vez fue cuando la ola de calor de febrero, mi hermana ya estaba curada y hacíamos la vida de siempre. No sé si se daba cuenta, pero yo no quería decirle nada porque la conozco y sé que es demasiado sensible, sobre todo cuando se trata de Boby, bien que me acuerdo de cuando Boby era chiquito y mi hermana

adivinaba: descubría, conocía por intuición

rondándome: siguiéndome por todas partes

pude (yo) < poder

lo mismo: la misma cosa

tragándose: sin que las palabras salieran de su boca

por qué: interrog. ≠ porque: causa

más allá: más lejos; no podía decir más

se enterara: llegara a saber

...pleuresía: la pleuresía la había dejado en mal estado, no se reponía

ya: pronto, dentro de poco

creciera < crecer: ser mayor, tener más años □ **dejar de:** cesar de □ (sería) **mejor que no comiera**

convendría < convenir □ **algún** ≠ ningún □ **laxante:** calmante para relajar

estaba para: estaba dispuesto a

a veces: algunas veces

(yo) **me decía** □ **de nuevo** (tenía pesadillas)

dibujar: los niños se pasan horas dibujando, coloreando, pintando; los dibujos animados de Walt Disney son célebres

ola: subida brusca: en el hemisferio Sur, febrero corresponde al verano □ **curada:** sana ≠ enferma □ **hacíamos...:** llevábamos la vida normal, habitual

bien que me acuerdo de: recuerdo perfectamente

todavía estaba bajo el golpe del divorcio y esas cosas, lo que le costaba aguantar cuando Boby lloraba o hacía alguna travesura y yo tenía que llevármelo al patio y esperar que todo se calmara, para eso estamos las tías. Más bien pienso que mi hermana no se daba cuenta de que a veces Boby se levantaba como si volviera de un largo viaje, con una cara perdida que le duraba hasta el café con leche, y cuando nos quedábamos solas yo siempre esperaba que ella dijera alguna cosa, pero no ; y a mí me parecía mal recordarle algo que tenía que hacerla sufrir, más bien me imaginaba que en una de esas Boby volvería a preguntarle por qué era mala con él, pero Boby también debía pensar que no tenía derecho a algo así, capaz que se acordaba de mi pedido y creía que nunca más tendría que hablarle de eso a mi hermana. Por momentos me venía la idea de que era yo la que estaba inventando, seguro que Boby ya no soñaba nada malo con su madre, a mí me lo hubiera dicho en seguida para consolarse ; pero después le veía esa carita de algunas mañanas y volvía a preocuparme. Menos mal que mi hermana no se daba cuenta de nada, ni siquiera la primera vez que Boby la miró así, yo estaba planchando y él desde la puerta de la antecocina la miró a mi hermana y no sé, cómo se puede explicar una cosa así, solamente que la plancha casi me agujerea el camisón azul, la saqué justo a tiempo y Boby todavía estaba mirando así a mi hermana que amasaba para hacer empanadas. Cuando le pregunté qué buscaba, por decirle algo, él se sobresaltó y contestó que nada, que hacía demasiado calor afuera para jugar a la pelota. No sé con qué tono le había hecho la pregunta pero él repitió la explicación como para convencerme y se fue a

golpe: choque □ **lo que le costaba aguantar:** lo difícil que era para ella soportar
travesura: diablura, mala acción de los niños □ **llevármelo:** conducirlo □ **para eso estamos:** para eso servimos
más bien: *plutôt*
como si volviera
viaje: el avión permite hacer viajes a larga distancia □ **cara:** expresión □ el café se suele tomar solo o con **leche**
esperaba que...dijera (< decir)
recordarle: traerle a la memoria
en una de esas: cualquier día
volvería a preguntarle: le preguntaría de nuevo

capaz que: acaso □ **pedido:** petición, lo que le había pedido

(era) **seguro:** era cierto □ **ya no soñaba:** no soñaba más
hubiera: habría

carita < cara □ **preocuparme:** inquietarme
menos mal que: por suerte, afortunadamente, felizmente

planchando < planchar: la ropa sucia se lava, se pone a secar y se plancha con una plancha eléctrica, antes de guardarla
agujerea: quema con el calor formando un agujero
camisón: camisa para dormir
amasaba: mezclaba la harina y el agua para formar la pasta o masa □ **empanadas:** *petits pâtés en croûte*
se sobresaltó: se turbó □ **contestó:** respondió
afuera ≠ adentro

repitió < repetir □ **convencerme:** persuadirme

dibujar a la sala. Mi hermana dijo que Boby estaba muy sucio y que lo iba a bañar esa misma tarde, con lo grande que era se olvidaba siempre de lavarse las orejas y los pies. Al final fui yo quien lo bañé porque mi hermana todavía se cansaba por la tarde, y mientras lo enjabonaba en la bañadera y él jugaba con el pato de plástico que nunca había querido abandonar, me animé a preguntarle si dormía mejor esa temporada.

—Más o menos —me dijo, después de un momento dedicado a hacer nadar el pato.

—¿Cómo más o menos? ¿Soñás o no soñas cosas feas?

—La otra noche sí —dijo Boby, sumergiendo el pato y manteniéndolo bajo el agua.

—¿Le contaste a tu mamá?

—No, a ella no. A ella...

No me dio tiempo a nada, enjabonado y todo se me tiró encima y me abrazó llorando, temblando, poniéndome a la miseria mientras yo trataba de rechazarlo y su cuerpo se me resbalaba entre los dedos hasta que él mismo se dejó caer sentado en la bañadera y se tapó la cara con las manos, llorando a gritos. Mi hermana vino corriendo y creyó que Boby se había resbalado y que le dolía algo, pero él dijo que no con la cabeza, dejó de llorar con un esfuerzo que le arrugaba la cara, y se levantó en la bañadera para que viéramos que no le había pasado nada, negándose a hablar, desnudo y enjabonado y tan solo en su llanto contenido que ni mi hermana ni yo podíamos calmarlo aunque viniéramos con toallas y caricias y promesas.

Después de eso yo buscaba siempre la oportunidad de darle confianza a Boby sin que se diera cuenta de que lo

sucio ≠ limpio □ **con lo grande que era**: aunque era muy grande □ **se olvidaba de**: no se acordaba de □ **orejas**: de cada lado de la cara □ **fui yo quien** = fui yo la que
se cansaba: se fatigaba □ **mientras**: en tanto que, a la vez que
enjabonaba con jabón, para lavarlo □ **bañadera** Am. : bañera □ **pato**: *canard* □ **me animé a**: me decidí a
esa temporada: en esos momentos, últimamente

dedicado: consagrado □ **nadar**: avanzar en el agua
soñás (vos) Am. : sueñas (tú)
feas: malas, desagradables
sumergiendo: hundiendo

no me dio tiempo a: no tuve tiempo para □ **...y todo**: aunque estaba enjabonado □ **se me tiró encima**: se lanzó sobre mí
...miseria: déjándome hecha una miseria □ **trataba de rechazarlo**: intentaba separarlo de mí □ **resbalaba**: escapaba, sin poder retenerlo □ **se tapó**: se disimuló, se escondió

resbalado: deslizado, caído accidentalmente, por el jabón
dolía: hacía sufrir, causaba dolor
arrugaba: producía pliegues en
para que viéramos < ver
negándose a: rehusando ≠ aceptando □ **desnudo**: sin ropa encima ≠ vestido □ **solo**: adj ≠ sólo: adv. □ **llanto**: acción de llorar ≠ risa □ **viniéramos** < venir
toallas: para secarle, quitarle el agua □ **caricias** > acariciar

quería hacer hablar, pero las semanas fueron pasando y nunca quiso decirme nada, ahora cuando me adivinaba algo en la cara se iba en seguida o me abrazaba para pedirme caramelos o permiso para ir a la esquina con Juanita y Mario Panzani. A mi hermana no le pedía nada, era muy atento con ella que en el fondo seguía bastante delicada de salud y no se preocupaba demasiado de atenderlo porque yo llegaba siempre primero y Boby me aceptaba cualquier cosa, hasta lo más desagradable cuando era necesario, de manera que mi hermana no alcanzaba a darse cuenta de eso que yo había visto en seguida, esa manera de mirarla así por momentos, de quedarse en la puerta antes de entrar mirándola hasta que yo me daba cuenta y él bajaba rápido la vista o se ponía a correr o a hacer una cabriola. Lo del cuchillo fue casualidad, yo estaba cambiando el papel en la alacena de la antecocina y había sacado todos los cubiertos; no me di cuenta de que Boby había entrado hasta que me di vuelta para cortar otra tira de papel y lo vi mirando el cuchillo más largo. Se distrajo en seguida o quiso que no me diera cuenta, pero yo esa manera de mirar ya se la conocía y no sé, es estúpido pensar cosas pero me vino como un frío, casi un viento helado en esa antecocina tan recalentada. No fui capaz de decirle nada pero por la noche pensé que Boby había dejado de preguntarle a mi hermana por qué era mala con él, solamente a veces la miraba como había mirado el cuchillo largo, esa mirada diferente. Sería casualidad, claro, pero no me gustó cuando a la semana le volví a ver la misma cara mientras yo estaba justamente cortando pan con el cuchillo largo y mi hermana le explicaba a Boby que ya

semanas: de siete días □ **fueron pasando**: pasaron una tras otra
me adivinaba algo en la cara: adivinaba algo en mi cara

caramelos: *bonbons* □ **ir a la esquina**: salir a jugar en la calle

era atento: tenía atenciones, delicadezas □ **seguía** (siendo)

atenderlo: cuidarlo, ocuparse de él □ **primero**: antes que ella
me aceptaba: aceptaba de mí □ **hasta**: incluso □ **lo** (que era)
más □ **de manera que**: de suerte que
no alcanzaba a: no lograba, no conseguía □ **eso**: esa cosa

bajaba la vista: bajaba los ojos

lo del cuchillo: lo que pasó con el cuchillo □ **casualidad**: azar, coincidencia □ **cambiando**: renovando □ **antecocina**: *office*
no...hasta que: sólo...cuando
me di vuelta: me volví
tira: banda
se distrajo: ya no se fijó en el cuchillo, apartó la atención
se la conocía: se = le: conocía su manera

helado: muy frío
recalentada: demasiado calentada

sería: debía de ser
a la semana: al cabo de una semana

ya: ahora, por fin

era tiempo que aprendiera a lustrarse solo los zapatos. « Sí, mamá », dijo Boby, solamente atento a lo que yo le estaba haciendo al pan, acompañando con los ojos cada movimiento del cuchillo y balanceándose un poco en la silla casi como si él mismo estuviera cortando el pan ; a lo mejor pensaba en los zapatos y se movía como si los lustrara, seguro que mi hermana se imaginó eso porque Boby era tan obediente y tan bueno.

Por la noche se me ocurrió si no tendría que hablarle a mi hermana, pero qué le iba a decir si no pasaba nada y Boby sacaba las mejores notas del grado y esas cosas, solamente que no me podía dormir porque de golpe todo se juntaba de nuevo, era como una masa que se iba espesando y entonces el miedo, imposible saber de qué porque Boby y mi hermana ya estaban durmiendo y de a ratos se los oía moverse o suspirar, dormían tan bien, mucho mejor que yo ahí pensando toda la noche. Y claro, al final busqué a Boby en el jardín después que lo vi mirar otra vez así a mi hermana, le pedí que me ayudara a transplantar un almácigo y hablamos de un montón de cosas y él me confió que Juanita tenía una hermana que estaba de novia.

—Naturalmente, ya es grande —le dije—. Mirá, andá traeme el cuchillo largo de la cocina para cortar estas rafias.

Salió corriendo como siempre, porque nadie le ganaba en servicial conmigo, y me quedé mirando hacia la casa para verlo volver, pensando que en realidad tendría que haberle preguntado por los sueños antes de pedirle el cuchillo, para estar segura. Cuando volvió caminando muy despacio, como frotándose en el aire de la siesta para tardar más, vi que había elegido uno de los

lustrarse los zapatos: darles brillo a sus zapatos con betún
(estaba) **atento a**: fijaba la atención en □ **le**: al pan

lustrara: les sacara brillo, frotándolos
obediente: dócil, que obedece las órdenes
se me ocurrió si: me pregunté si
si: ya que, puesto que, dado que
del grado: de la clase □ **y esas cosas**: y todo lo demás
solamente que: sólo que: pero
se juntaba: se reunía □ **masa**: pasta (del pan, de un pastel) > amasar □ **espesando**: haciendo más espesa

se los oía: se + 3o pers. traduce *on*

le pedí que me ayudara
ayudara a: secundara, acompañara para □ **almácigo**: *semis*
un montón de: fam. muchísimas, un número considerable de
estaba de novia: tenía novio, iba a casarse
mirá, andá, traeme (vos) Am.: mira, anda, tráeme (tú)

rafias: fibras de una palmera que sirven para atar, sujetar
nadie...servicial: nadie estaba más dispuesto que él a prestar servicio o a hacer un favor
tendría que haberle preguntado por: yo habría tenido que interrogarle sobre

despacio: con pasos lentos
tardar más: tomarse más tiempo □ **elegido**: escogido, preferido

cuchillos cortos aunque yo había dejado el más largo bien a la vista porque quería estar segura de que lo iba a ver apenas abriera el cajón de la alacena.

—Este no sirve —le dije. Me costaba hablar, era estúpido con alguien tan chiquito e inocente como Boby, pero ni siquiera alcanzaba a mirarlo en los ojos. Solamente sentí el envión cuando se me tiró en los brazos soltando el cuchillo y se apretó contra mí, se apretó tanto contra mí sollozando. Creo que en ese momento vi algo que debía ser su última pesadilla, no podría preguntárselo pero pienso que vi lo que él había soñado la última vez antes de dejar de tener las pesadillas y en cambio mirar así a mi hermana, mirar así el cuchillo largo.

estar segura de que
apenas: en el momento preciso en que, en cuanto
no sirve: es inútil, no conviene
e inocente

envión: empujón, choque □ **se me tiró en los brazos**: se lanzó en mis brazos □ **soltando**: dejando caer □ **se apretó**: se abrazó fuerte □ **sollozando**: llorando a gritos, espasmódicamente

preguntárselo: se = le

Grammaire au fil des nouvelles

Traduisez les phrases suivantes inspirées du texte (le premier chiffre renvoie aux pages, les suivants aux lignes ; les chiffres en gras renvoient à la Grammaire active de l'espagnol *publiée au Livre de Poche).*

***Toutes les deux nous avions peur qu'*ils n'abîment *nos* plantes** ("peur que" + subj. ; possessif, 128 - 10,11, **212-260**).

Je ne cessai de surveiller Boby, *et pourtant* il me semblait perdre *mon* temps ("et pourtant" : *y eso que* ; poss., 128 - 17, **260**).

Le gâteau est délicieux (130 - 14) **; sa maman est malade ; elle allait mieux** (136 - 17) **; elle était guérie** (138 - 28) **; il était très sale** (142 - 1,2) ; ("être" : *estar*, **270**).

Cela *non plus* ne me plut pas beaucoup (*tampoco*, 132 - 9, **328**).

Je me souviens du jour où il me demanda pourquoi elle était si méchante avec lui ("où" ; interr. ; *ser*, 132 - 17,24, **296-284-270**).

Il avait *même ri* ("même" adv., 132 - 19, **130**).

Cela *avait dû* être un cauchemar (doute : condit., 134 - 7, **200**).

***Cette question des* cauchemars** (*lo de*, 134 - 22, **20**).

Personne ne l'aimait *autant que* sa mère (134 - 23, **76-50**).

Il *le lui* redemanda (double pron., 134 - 30,14, **156** ; itérat., **24**).

***Il avait beau* être petit, il se débrouillait seul** (136 - 10, **12**).

Il espérait qu'elle lui sourirait ou caresserait *ses* cheveux (*esperar* + subj. ; possessif ; c.d.t., 136, 12, **260-216**).

Je *n'*eus *même pas* besoin de lui *dire de* ne pas jouer du piano (*ni siquiera*; verbe d'ordre + subj., 136 - 14, **328-224**).

Je ne voulais pas que ma sœur l'apprenne (v. désir + subj. ; c.d.t., 138 - 10, **206-216**).

***C'est* moi *qui* inventais ; *c'est* moi *qui* le baignai** (140 - 17, 142 - 5, **298**).

***Quoique* couvert de savon, il se jeta sur moi** (*y todo*, 142 - 17).

Je *ne* m'en rendis compte *que lorsque* je me retournai (*no...hasta que*, 144 - 19).

Il verrait le couteau *dès qu'*il ouvrirait le tiroir (tempor. au condit. : subj., 148 - 3, **308**).

Los amigos

En ese juego todo tenía que andar rápido. Cuando el Número Uno decidió que había que liquidar a Romero y que el Número Tres se encargaría del trabajo, Beltrán recibió la información pocos minutos más tarde. Tranquilo pero sin perder un instante, salió del café de Corrientes y Libertad y se metió en un taxi. Mientras se bañaba en su departamento, escuchando el noticioso, se acordó de que había visto por última vez a Romero en San Isidro, un día de mala suerte en las carreras. En ese entonces Romero era un tal Romero, y él un tal Beltrán; buenos amigos antes de que la vida los metiera por caminos tan distintos. Sonrió casi sin ganas, pensando en la cara que pondría Romero al encontrárselo de nuevo, pero la cara de Romero no tenía ninguna importancia y en cambio había que pensar despacio en la cuestión del café y del auto. Era curioso que al Número Uno se le hubiera ocurrido hacer matar a Romero en el café de Cochabamba y Piedras, y a esa hora; quizá, si había que creer en ciertas informaciones, el Número Uno ya estaba un poco viejo. De todos modos la torpeza de la orden le daba una ventaja: podía sacar el auto del garaje, estacionarlo con el motor en marcha por el lado de Cochabamba, y quedarse esperando a que Romero llegara como siempre a encontrarse con los amigos a eso de las siete de la tarde. Si todo salía bien evitaría que Romero entrase en el café, y al mismo tiempo que los del café vieran o sospecharan su intervención. Era cosa de suerte y de cálculo, un simple gesto (que Romero no dejaría de ver, porque era un lince), y saber meterse en el tráfico y pegar la vuelta a toda máquina. Si los dos hacían las cosas como era

el **juego** de pelota, un juego de palabras □ **andar**: (aquí) ir
había que: era necesario
se encargaría de: asumiría, tomaría a su cargo

salió ≠ entró
Corrientes...: en B.A. □ **mientras...**: durante su baño
departamento: apartamento □ **escuchando...**: oyendo informaciones
se acordó de: tuvo en memoria □ **última vez** ≠ primera ocasión
mala suerte: infortunio □ las **carreras** ciclistas □ **en ese entonces**: en aquella época □ **un tal...**: *un certain...*
metiera: orientara, hiciera pasar
distintos: diferentes □ **sonrió...** (como la Gioconda) sin quererlo
la cara...: qué reacción manifestaría Romero en su faz, en su rostro □ **ninguna** ≠ alguna
en cambio: al contrario □ **despacio**: (aquí) con el tiempo necesario, detenidamente □ **cuestión**: problema
al Número Uno...: el Número Uno hubiera imaginado □ **matar**: asesinar
quizá: quizás, tal vez, acaso □ **creer** en Dios
estaba viejo, parecía tener ochenta años
torpeza ≠ habilidad □ "A la **orden,** mi general" □ **ventaja** ≠ inconveniente □ **sacar...**: poner el coche al exterior □ **estacionar**: Am. aparcar □ **por el lado**: hacia □ **quedarse**: permanecer □ **llegara**: viniera
encontrarse: reunirse, verse □ **a eso de**: aproximadamente a
salía bien: marchaba, funcionaba bien
los del café: la gente del café □ **sospecharan**: presintieran
era cosa de: era cuestión de □ **suerte**: buena fortuna
no dejaría de ver: vería seguramente
el **lince** tiene excelente vista □ **pegar la vuelta**: comenzar, emprender el regreso □ **a toda máquina**: Am. a toda velocidad

debido —y Beltrán estaba tan seguro de Romero como de él mismo— todo quedaría despachado en un momento. Volvió a sonreír pensando en la cara del Número Uno cuando más tarde, bastante más tarde, lo llamara desde algún teléfono público para informarle de lo sucedido.

Vistiéndose despacio, acabó el atado de cigarrillos y se miró un momento al espejo. Después sacó otro atado del cajón, y antes de apagar las luces comprobó que todo estaba en orden. Los gallegos del garaje le tenían el Ford como una seda. Bajó por Chacabuco, despacio, y a las siete menos diez se estacionó a unos metros de la puerta del café, después de dar dos vueltas a la manzana esperando que un camión de reparto le dejara el sitio. Desde donde estaba era imposible que los del café lo vieran. De cuando en cuando apretaba un poco el acelerador para mantener el motor caliente; no quería fumar, pero sentía la boca seca y le daba rabia.

A las siete menos cinco vio venir a Romero por la vereda de enfrente; lo reconoció en seguida por el chambergo gris y el saco cruzado. Con una ojeada a la vitrina del café, calculó lo que tardaría en cruzar la calle y llegar hasta ahí. Pero a Romero no podía pasarle nada a tanta distancia del café, era preferible dejarlo que cruzara la calle y subiera a la vereda. Exactamente en ese momento, Beltrán puso el coche en marcha y sacó el brazo por la ventanilla. Tal como había previsto, Romero lo vio y se detuvo sorprendido. La primera bala le dio entre los ojos, después Beltrán tiró al montón que se derrumbaba. El Ford salió en diagonal, adelantándose limpio a un tranvía y dió la vuelta por Tacuarí.

seguro: cierto
quedaría despachado: estaría resuelto, concluído
volvió a sonreír: sonrió de nuevo
bastante: asaz, mucho
lo llamara: le telefoneara
lo sucedido: lo pasado, lo que había ocurrido
vistiéndose ≠ desvistiéndose □ **despacio**: lentamente □ **atado...**: Arg. cajetilla, paquete □ el **espejo** refleja la imagen
cajón: *tiroir* □ **apagar** el fuego con agua □ **comprobó**: verificó
gallegos: de Galicia, en España □ **tenían...** Arg. mantenían el coche impecable □ **bajó** ≠ subió
estacionar: aparcar
dar dos...: pasar dos veces en torno del bloque de casas
reparto: servicio a domicilio
desde donde: desde (el sitio) donde
de cuando en cuando: algunas veces □ **apretaba**: oprimía, hacía presión en □ **caliente** ≠ frío □ **quería**: deseaba
le daba rabia: lo ponía furioso

vereda: Arg. acera, donde circulan los peatones
chambergo: Arg. sombrero blando □ **saco**: Arg.: chaqueta □ **ojeada**: mirada rápida □ **lo que tardaría en**: el tiempo que se pasaría cruzando

subiera ≠ bajara
puso < poner □ **sacó...**: puso el brazo al exterior
ventanilla: abertura de la portezuela □ **previsto** < prever
se detuvo: se inmovilizó, se paró □ **sorprendido**: asombrado
le dio...: se le clavó □ **montón**: masa
se derrumbaba: Am. se abatía, se derribaba □ **adelantándose limpio a**: pasando impecablemente delante de

Manejando sin apuro, el Número Tres pensó que la última visión de Romero había sido la de un Beltrán, un amigo del hipódromo en otros tiempos.

manejando: Am. conduciendo □ **sin apuro:** sin prisa, sin rápidez excesiva

Grammaire au fil des nouvelles

Traduisez les phrases suivantes inspirées du texte (le premier chiffre renvoie aux pages, les suivants aux lignes ; les chiffres en gras renvoient à la Grammaire active de l'espagnol *publiée au Livre de Poche).*

Tout *devait* aller vite (obligation personnelle, 152 - 1, **252**).

Par contre, il *fallait* penser longuement au problème du café (oblig. impers., 152 - 15, **252**).

***Il était curieux qu'il soit venu à l'esprit* du Numéro Un de faire tuer Romero au café Cochabamba** (c.d.t., 152 - 16,17,18, **214**).

Le Numéro Un maintenant *se faisait vieux* (être + adj., 152 - 20, **270**).

Et Bertrand était *aussi* sûr de Romero *que de* lui-même (comparatif d'égalité, être + adj., 154 - 1, **52-270**).

Il sourit de nouveau (itération, 154 - 3, **40**).

Pour l'informer de *ce qui* s'était passé (*lo* + part. passé ou adj., 154 - 5,6, **20**).

***Après avoir fait* deux fois le tour du pâté de maisons** (inf. présent à valeur d'inf. passé, 154 - 13, **310**).

Tempos irregulares (ejemplos del texto)
sonreír > sonreí, sonrió
poner > puse, puso
detenerse > me detuve, se detuvo
dar > di, dio

Gerundio irregular
vestirse > vistiéndose

Condicional
poner > pondría...

Segunda vez

No más que los esperábamos, cada uno tenía su fecha y su hora, pero eso sí, sin apuro, fumando despacio, de cuando en cuando el negro López venía con café y entonces dejábamos de trabajar y comentábamos las novedades, casi siempre lo mismo, la visita del jefe, los cambios de arriba, las performances en San Isidro. Ellos, claro, no podían saber que los estábamos esperando, lo que se dice esperando, esas cosas tenían que pasar sin escombro, ustedes proceden tranquilos, palabra del jefe, cada tanto lo repetía por las dudas, ustedes la van piano piano, total era fácil, si algo patinaba no se la iban a tomar con nosotros, los responsables estaban arriba y el jefe era de ley, ustedes tranquilos, muchachos, si hay lío aquí la cara la doy yo, lo único que les pido es que no se me vayan a equivocar de sujeto, primero la averiguación para no meter la pata y después pueden proceder nomás.

Francamente no daban trabajo, el jefe había elegido oficinas funcionales para que no se amontonaran, y nosotros los recibíamos de a uno como corresponde, con todo el tiempo necesario. Para educados nosotros, che, el jefe lo decía vuelta a vuelta y era cierto, todo sincronizado que reíte de las IBM, aquí se trabajaba con vaselina, minga de apuro ni de córranse adelante. Teníamos tiempo para los cafecitos y los pronósticos del domingo, y el jefe era el primero en venir a buscar la fijas que para eso el flaco Bianchetti era propiamente un oráculo. Así que todos los días lo mismo, llegábamos con los diarios, el negro López traía el primer café y al rato empezaban a caer para el trámite. La convocatoria decía eso, trámite que le concierne, nosotros solamente ahí esperando. Ahora que eso sí, aunque venga en papel

no más: simplemente □ **esperábamos** el verano para irnos de vacaciones □ **fecha**: indicación del día, mes, año □ **sin apuro**: sin prisa □ **despacio**: lentamente □ **de cuando en cuando**: algunas veces □ **dejábamos de**: cesábamos, parábamos de □ **las novedades**: lo nuevo, los hechos recientes □ **lo mismo**: las mismas cosas □ el **jefe** manda, da órdenes □ **cambios**: modificaciones □ **arriba** ≠ abajo □ **...San Isidro**: resultados en el hipódromo □ **claro**: evidentemente □ **tenían que**: debían □ **sin escombro**: sin incidente □ **proceden**: actúan

cada tanto: de cuando en cuando □ **por las dudas**: por si acaso, por precaución, para que todo quede bien claro □ **patinaba**: no iba bien □ **no se la iban a tomar con**: no iban a atacarnos, a criticarnos □ **de ley**: de confianza, verdadero

lío: problemas □ **la cara la doy**: cargo con la responsabilidad

no se me vayan a equivocar: no vayan a hacerme un error □ **sujeto**: individuo □ **averiguación**: verificación □ **meter la pata**: fam. cometer un error □ **nomás**: no más

elegido: escogido, optado por □ los empleados de un ministerio trabajan en unas **oficinas** □ **se amontonaran**: no estuvieran en número excesivo □ **de a uno**: uno por uno □ **corresponde**: conviene □ **para educados**: en lo de la buena educación □ **che** Am.: exclamación para llamar la atención □ **...vuelta**: sin cesar □ **reíte** (vos): Am. ríete: era para reírse: las IBM no eran nada comparadas con nuestra sincronización □ **minga**: Am. nada □ **córranse** (Udes): apártense para dejar sitio a los otros □ **el primero en venir a** □ **buscar** ≠ encontrar

fijas: Am. informaciones seguras sobre los caballos que corren □ **flaco**: casi esquelético ≠ gordo

se leen las noticias del día en los **diarios** o periódicos □ **al rato**: al instante □ **caer**: (aquí) presentarse □ **trámite**: requisito, formalidad

ahora que: pero □ **aunque** + subj.: *même si* □ **venga**: esté

amarillo una convocatoria siempre tiene un aire serio; por eso María Elena la había mirado muchas veces en su casa, el sello verde rodeando la firma ilegible y las indicaciones de fecha y lugar. En el ómnibus volvió a sacarla de la cartera y le dio cuerda al reloj para más seguridad. La citaban a una oficina de la calle Maza, era raro que ahí hubiera un ministerio pero su hermana había dicho que estaban instalando oficinas en cualquier parte porque los ministerios ya resultaban chicos, y apenas se bajó del ómnibus vio que debía ser cierto, el barrio era cualquier cosa, con casas de tres o cuatro pisos y sobre todo mucho comercio al pormenor, hasta algunos árboles de los pocos que iban quedando en la zona.

«Por lo menos tendrá una bandera», pensó María Elena al acercarse a la cuadra del setecientos, a lo mejor era como las embajadas que estaban en los barrios residenciales pero se distinguían desde lejos por el trapo de colores en algún balcón. Aunque el número figuraba clarito en la convocatoria, la sorprendió no ver la bandera patria y por un momento se quedó en la esquina (era demasiado temprano, podía hacer tiempo) y sin ninguna razón le preguntó al del quiosco de diarios si en esa cuadra estaba la Dirección.

—Claro que está —dijo el hombre—, ahí a la mitad de cuadra, pero antes por qué no se queda un poquito para hacerme compañía, mire lo solo que estoy.

—A la vuelta —le sonrió Maria Elena yéndose sin apuro y consultando una vez más el papel amarillo. Casi no había tráfico ni gente, un gato delante de un almacén y una gorda con una nena que salían de un zaguán. Los pocos autos estaban estacionados a la altura de la

amarillo: color de oro

por eso: por esa razón

sello: estampilla o timbre □ **rodeando**: alrededor de □ **ilegible**: que no se puede leer □ **ómnibus**: Am. autobús

...cartera: la tomó de nuevo de su bolso □ el **reloj** da la hora; **le dio cuerda** para que no dejara de funcionar □ **citaban**: convocaban en lugar preciso □ **era raro que hubiera**: era extraño, sorprendía □ M.E. y su **hermana** tienen los mismos padres □ **cualquier parte**: no importaba dónde □ **ya**: ahora □ **resultaban chicos**: finalmente eran insuficientes, pequeños □ **se bajó** ≠ se subió □ **barrio**: zona de la ciudad □ **cualquier cosa**: no tenía nada particular □ **al pormenor**: que vende en pequeñas cantidades □ **hasta**: aun, incluso □ **iban quedando**: quedaban, subsistían

bandera: la francesa es tricolor

al acercarse a: cuando se aproximaba a □ **setecientos**: los números de este bloque de casas empiezan en el 700 □ **embajadas**: representaciones diplomáticas □ **lejos** ≠ cerca □ **trapo**: trozo de tela □ **aunque** + ind.: *bien que*

clarito: bien claramente

patria: nacional

esquina: ángulo que forman dos calles □ **temprano** ≠ tarde □ **hacer tiempo**: esperar hasta la hora de la cita □ **al del**: al vendedor del □ **cuadra** Am.: manzana o bloque: conjunto de casas contiguas, rodeado de calles □ **a la mitad de**: a igual distancia de una esquina a otra de la cuadra

lo solo que estoy: cuán solo estoy

a la vuelta: cuando vuelva □ **sonrió** < sonreír □ **yéndose** < irse: marchándose

gato: felino doméstico muy común □ **almacén**: tienda, comercio □ **gorda** ≠ flaca □ **nena**: niña muy pequeña □ **zaguán**: vestíbulo de entrada

Dirección, casi todos con alguien en el volante leyendo el diario o fumando. La entrada era angosta como todas en la cuadra, con un zaguán de mayólicas y la escalera al fondo; la chapa en la puerta parecía apenas la de un médico o un dentista, sucia y con un papel pegado en la parte de abajo para tapar alguna de las inscripciones. Era raro que no hubiese ascensor, un tercer piso y tener que subir a pie después de ese papel tan serio con el sello verde y la firma y todo.

La puerta del tercero estaba cerrada y no se veía ni timbre ni chapa. María Elena tanteó el picaporte y la puerta se abrió sin ruido; el humo del tabaco le llegó antes que las mayólicas verdosas del pasillo y los bancos a los dos lados con la gente sentada. No eran muchos, pero con ese humo y el pasillo tan angosto parecía que se tocaban con las rodillas, las dos señoras ancianas, el señor calvo y el muchacho de la corbata verde. Seguro que habían estado hablando para matar el tiempo, justo al abrir la puerta María Elena alcanzó un final de frase de una de las señoras, pero como siempre se quedaron callados de golpe mirando a la que llegaba último, y también como siempre y sintiéndose tan sonsa María Elena se puso colorada y apenas si le salió la voz para decir buenos días y quedarse parada al lado de la puerta hasta que el muchacho le hizo una seña mostrándole el banco vacío a su lado. Justo cuando se sentaba, dándole las gracias, la puerta del otro extremo del pasillo se entornó para dejar salir a un hombre de pelo colorado que se abrió paso entre las rodillas de los otros sin molestarse en pedir permiso. El empleado mantuvo la puerta abierta con un pie, esperando hasta que una de las dos señoras se enderezó dificultosamente y

Dirección: departamento de Ministerio
angosta: estrecha ≠ ancha
de mayólicas: *garni de carreaux de faïence émaillée* □ se sube a los pisos de una casa por la **escalera** □ **chapa**: placa de metal □ **apenas**: más o menos □ **sucia**: con polvo y manchas ≠ limpia □ **pegado**: adherido □ **tapar**: ocultar, no dejar visible

cerrada ≠ abierta
se toca el **timbre** para anunciarse □ **tanteó**: probó □ **picaporte**: manija para abrir la puerta □ **sin ruido**: silenciosamente
verdosas: de color más bien verde

se tocaban: estaban en contacto □ **rodillas**: articulaciones a media pierna □ **calvo**: sin pelo en la cabeza □ **corbata**: adorno masculino que rodea el cuello □ **matar el tiempo**: distraerse
al abrir: cuando abrió □ **alcanzó**: cogió, comprendió

callados: silenciosos □ **de golpe**: súbitamente □ **último** ≠ primero □ **sintiéndose** < sentirse □ **sonsa**: sosa, tonta, estúpida
se puso colorada: se puso roja, le subieron los colores a la cara
quedarse parada: quedarse de pie, no sentarse
hasta que + ind.: hasta el momento en que □ **seña**: gesto, señal □ **vacío**: no ocupado
se entornó: se entreabrió
de pelo colorado: pelirrojo

molestarse en: tomarse la molestia o el trabajo de □ **pedir permiso**: disculparse
se enderezó: se puso derecha □ **dificultosamente**: con dificultad

disculpándose pasó entre María Elena y el señor calvo; la puerta de salida y la de la oficina se cerraron casi al mismo tiempo, y los que quedaban empezaron de nuevo a charlar, estirándose un poco en los bancos que crujían.

Cada uno tenía su tema, como siempre, el señor calvo la lentitud de los trámites, si esto es así la primera vez qué se puede esperar, dígame un poco, más de media hora para total qué, a lo mejor cuatro preguntas y chau, por lo menos supongo.

—No se crea —dijo el muchacho de la corbata verde—, yo es la segunda vez y le aseguro que no es tan corto, entre que copian todo a máquina y por ahí uno no se acuerda bien de una fecha, esas cosas, al final dura bastante.

El señor calvo y la señora anciana lo escuchaban interesados porque para ellos era evidentemente la primera vez, lo mismo que María Elena aunque no se sentía con derecho a entrar en la conversación. El señor calvo quería saber cuánto tiempo pasaba entre la primera y la segunda convocatoria, y el muchacho explicó que en su caso había sido cosa de tres días. ¿Pero por qué dos convocatorias?, quiso preguntar María Elena, y otra vez sintió que le subían los colores a la cara y esperó que alguien le hablara y le diera confianza, la dejara formar parte, no ser ya más la última. La señora anciana había sacado un frasquito como de sales y lo olía suspirando. Capaz que tanto humo la estaba descomponiendo, el muchacho se ofreció a apagar el cigarrillo y el señor calvo dijo que claro, que ese pasillo era una vergüenza, mejor apagaban los cigarrillos si se sentía mal, pero la señora dijo que no,

disculpándose: pidiendo perdón, pidiendo permiso
la (s.e. puerta) **de**: *celle de*
los que: *ceux qui*
charlar: hablar de temas de poca importancia
crujían: producían un sonido particular bajo el peso de ellos

lentitud < lento

total: en suma, finalmente □ **a lo mejor**: posiblemente □ **chau**: Am. adiós (del italiano ciao)
no se crea < creer

corto: rápido ≠ largo □ **entre que**: mientras, el tiempo que □ **uno no se acuerda**: "uno" traduce *on* con verbo pronominal reflexivo □ **bastante**: un tiempo apreciable
anciana: vieja, de edad

lo mismo que: igual que, como
derecho a

cosa de: cuestión de
quiso < querer

alguien: alguna persona ≠ nadie □ **diera** < dar
formar parte □ **no...ya más**: *ne...plus*
frasquito: botellita
olía o respiraba los **sales** para no perder el conocimiento □ **capaz que**: Am. tal vez □ **...descomponiendo**: estaba causándole indisposición □ **apagar**: dejar de fumar ≠ encender
vergüenza: indignidad, escándalo □ **mejor...**: era preferible apagar □ **dijo que no**

un poco de fatiga solamente que se le pasaba en seguida, en su casa el marido y los hijos fumaban todo el tiempo, ya casi no me doy cuenta. María Elena que también había tenido ganas de sacar un cigarrillo vio que los hombres apagaban los suyos, que el muchacho lo aplastaba contra la suela del zapato, siempre se fuma demasiado cuando se tiene que esperar, la otra vez había sido peor porque había siete u ocho personas antes, y al final ya no se veía nada en el pasillo con tanto humo.

—La vida es una sala de espera —dijo el señor calvo, pisando el cigarrillo con mucho cuidado y mirándose las manos como si ya no supiera qué hacer con ellas, y la señora anciana suspiró un asentimiento de muchos años y guardó el frasquito justo cuando se abría la puerta del fondo y la otra señora salía con ese aire que todos le envidiaron, el buenos días casi compasivo al llegar a la puerta de salida. Pero entonces no se tardaba tanto, pensó María Elena, tres personas antes que ella, pongamos tres cuartos de hora, claro que en una de esas el trámite se hacía más largo con algunos, el muchacho ya había estado una primera vez y lo había dicho. Pero cuando el señor calvo entró en la oficina, María Elena se animó a preguntar para estar más segura, y el muchacho se quedó pensando y después dijo que la primera vez algunos habían tardado mucho y otros menos, nunca se podía saber. La señora anciana hizo notar que la otra señora había salido casi en seguida, pero el señor de pelo colorado había tardado una eternidad.

—Menos mal que quedamos pocos —dijo María Elena—, estos lugares deprimen.

—Hay que tomarlo con filosofía —dijo el muchacho—

se le pasaba: se le acababa □ **en seguida**: inmediatamente

no me doy cuenta: no noto, no advierto
ganas: deseos
los suyos: pron. posesivo: sus cigarrillos □ para caminar es mejor llevar **zapatos** en los pies; la **suela** es la parte que está en contacto con el suelo
peor: superlat. de "mal" ≠ mejor □ **siete u ocho**
nada ≠ algo

pisando: poniendo el pie sobre el cigarrillo, para aplastarlo □ **cuidado**: precaución □ **como si...supiera** < saber
...años: aprobando, con su larga experiencia
guardó: volvió a poner en su sitio

envidiaron: desearon para sí □ **compasivo**: lleno de compasión
se tardaba: duraba

en una de esas...: era posible que el trámite se hiciera

se animó a: se decidió a, se atrevió a

nunca se podía = no se podía nunca
notar: observar

menos mal que: felizmente, afortunadamente, por suerte

no se olvide que va a tener que volver, así que mejor quedarse tranquila. Cuando yo vine la primera vez no había nadie con quien hablar, éramos un montón pero no sé, no se congeniaba, y en cambio hoy desde que llegué el tiempo va pasando bien porque se cambian ideas.

A María Elena le gustaba seguir charlando con el muchacho y la señora, casi no sintió pasar el tiempo hasta que el señor calvo salió y la señora se levantó con una rapidez que no le habrían sospechado a sus años, la pobre quería acabar rápido con los trámites.

—Bueno, ahora nosotros — dijo el muchacho—. ¿No le molesta si fumo un pitillo? No aguanto más, pero la señora parecía tan descompuesta...

—Yo también tengo ganas de fumar.

Aceptó el cigarrillo que él le ofrecía y se dijeron sus nombres, dónde trabajaban, les hacía bien cambiar impresiones olvidándose del pasillo, del silencio que por momentos parecía demasiado, como si las calles y la gente hubieran quedado muy lejos. María Elena también había vivido en Floresta pero de chica, ahora vivía por Constitución. A Carlos no le gustaba ese barrio, prefería el oeste, mejor aire, los árboles. Su ideal hubiera sido vivir en Villa del Parque, cuando se casara a lo mejor alquilaba un departamento por ese lado, su futuro suegro le había prometido ayudarlo, era un señor con muchas relaciones y en una de esas conseguía algo.

—Yo no sé por qué, pero algo me dice que voy a vivir toda mi vida por Constitución — dijo María Elena—. No está tan mal, después de todo. Y si alguna vez...

Vio abrirse la puerta del fondo y miró casi sorprendida al muchacho que le sonreía al levantarse, ya ve

no se olvide < olvidarse de ≠ acordarse de, recordar □ **así que**: de suerte que □ **mejor**: más vale □ **vine** < venir (yo)
montón: gran número
congeniaba: simpatizaba □ **en cambio**: al contrario, mientras que □ **cambian**: intercambian, cruzan

seguir charlando: idea de continuidad

...sospechado: de la que no la habrían creído capaz □ **a sus años**: a su edad □ **acabar**: terminar

pitillo: cigarrillo □ **aguanto**: soporto, sufro, resisto
descompuesta < descomponer: en mal estado

demasiado: excesivo
quedado: estado
Floresta: barrio de B.A. □ **de chica**: cuando era chica □ **por Constitución**: del lado de la plaza Constitución
hubiera: habría
Villa del Parque: barrio del centro de B.A. □ **se casara**: subj. de eventualidad en subord. tempor. □ **alquilaba**: alquilaría: ocuparía un departamento o piso a cambio de un precio pagado periódicamente □ **suegro**: padre de la esposa □ **en una de esas**: a lo mejor, tal vez □ **conseguía**: conseguiría: obtendría

alguna vez: algún día

ya ve: bien ve usted (dijo el muchacho a María Elena)

cómo pasó el tiempo charlando, la señora los saludaba amablemente, parecía tan contenta de irse, todo el mundo tenía un aire más joven y más ágil al salir, como un peso que les hubieran quitado de encima, el trámite acabado una diligencia menos y afuera la calle, los cafés donde a lo mejor entrarían a tomarse una copita o un té para sentirse realmente del otro lado de la sala de espera y los formularios. Ahora el tiempo se le iba a hacer más largo a María Elena sola, aunque si todo seguía así Carlos saldría bastante pronto, pero en una de esas tardaba más que los otros porque era la segunda vez y vaya a saber qué trámite tendría.

Casi no comprendió al principio cuando vio abrirse la puerta y el empleado la miró y le hizo un gesto con la cabeza para que pasara. Pensó que entonces era así, que Carlos tendría que quedarse todavía un rato llenando papeles y que entre tanto se ocuparían de ella. Saludó al empleado y entró en la oficina; apenas había pasado la puerta cuando otro empleado le mostró una silla delante de un escritorio negro. Había varios empleados en la oficina, solamente hombres, pero no vio a Carlos. Del otro lado del escritorio un empleado de cara enfermiza miraba una planilla; sin levantar los ojos tendió la mano y María Elena tardó en comprender que le estaba pidiendo la convocatoria, de golpe se dio cuenta y la buscó un poco perdida, murmurando excusas, sacó dos o tres cosas de la cartera hasta encontrar el papel amarillo.

—Vaya llenando esto —dijo el empleado alcanzándole un formulario—. Con mayúsculas, bien clarito.

Eran las pavadas de siempre, nombre y apellido, edad,

joven ≠ viejo, anciano
peso: carga □ **quitado de encima**: suprimido; **hubieran**: plural: *on* □ **diligencia**: lo que se hace para resolver un asunto □ **afuera**: en el exterior ≠ adentro □ **tomarse una copita**: beberse vino o alcohol
se le iba a hacer: iba a parecerle
seguía: continuaba □ **así**: de ese modo
pronto: rápido
tardaba más: quedaría más tiempo

principio: comienzo

para que pasara: para que entrara
todavía: aún □ **rato**: momento □ **llenando**: completando

apenas...cuando: *à peine...que*
silla: donde sentarse
escritorio: mesa donde se puede escribir □ **varios** ≠ pocos

de cara enfermiza: que parecía delicado de salud
planilla Am.: lista, nómina, ficha

se dio cuenta: alcanzó a comprender

vaya llenando: aquí: comience a completar □ **esto**: pron. neutro □ **alcanzándole**: cogiendo para darle, tendiéndole

pavadas: tonterías, soserías □ **apellido**: nombre de familia

sexo, domicilio. Entre dos palabras María Elena sintió como que algo le molestaba, algo que no estaba del todo claro. No en la planilla, donde era fácil ir llenando los huecos; algo afuera, algo que faltaba o que no estaba en su sitio. Dejó de escribir y echó una mirada alrededor, las otras mesas con los empleados trabajando o hablando entre ellos, las paredes sucias con carteles y fotos, las dos ventanas, la puerta por donde había entrado, la única puerta de la oficina. *Profesión*, y al lado la línea punteada; automáticamente rellenó el hueco. La única puerta de la oficina, pero Carlos no estaba ahí. *Antigüedad en el empleo.* Con mayúsculas, bien clarito.

Cuando firmó al pie, el empleado la estaba mirando como si hubiera tardado demasiado en llenar la planilla. Estudió un momento el papel, no le encontró defectos y lo guardó en una carpeta. El resto fueron preguntas, algunas inútiles porque ella ya las había contestado en la planilla, pero también sobre la familia, los cambios de domicilio en los últimos años, los seguros, si viajaba con frecuencia y adónde, si había sacado pasaporte o pensaba sacarlo. Nadie parecía preocuparse mucho por las respuestas, y en todo caso el empleado no las anotaba. Bruscamente le dijo a María Elena que podía irse y que volviera tres días después a las once; no hacía falta convocatoria por escrito, pero que no se le fuera a olvidar.

—Sí, señor —dijo María Elena levantándose—, entonces el jueves a las once.

—Que le vaya bien —dijo el empleado sin mirarla.

En el pasillo no había nadie, y recorrerlo fue como

molestaba: inquietaba, incomodaba, perturbaba su tranquilidad □ **del todo**: completamente □ **ir llenando**: llenar uno tras otro
huecos: vacíos, espacios no impresos en las líneas □ **faltaba**: no estaba en donde debía estar □ **echó una mirada**: miró rápidamente
las paredes: los muros □ **sucias**: sin limpiar desde hace tiempo □ se ven **carteles** publicitarios por todas partes □ por las **ventanas** entran la luz y el aire en la casa
punteada: con una serie de puntos seguidos □ **rellenó**: llenó

antigüedad < antiguo: tiempo que lleva en el empleo

firmó: escribió su apellido □ **al pie**: en la parte final del documento □ **tardado demasiado en**: pasado excesivo tiempo en □ **defectos**: vicios o errores
guardó: puso en lugar seguro □ **carpeta**: cartera de cartón para guardar y poner en orden documentos

seguros: contratos de indemnización (incendio, enfermedad...)
viajaba: para viajar al extranjero, se necesita sacar o solicitar pasaporte □ **preocuparse por**

anotaba: apuntaba, escribía (para recordarlas) □ **le dijo que podía... y que volviera... pero que no se le fuera** □ **hacía falta**: se necesitaba □ **fuera** < ir: que esto no fuera a olvidársele

que le vaya bien: vaya usted con Dios, que lo pase bien
recorrerlo: atravesarlo de un extremo a otro

para todos los otros, un apurarse, un respirar liviano, unas ganas de llegar a la calle y dejar lo otro atrás. María Elena abrió la puerta de salida y al empezar a bajar la escalera pensó de nuevo en Carlos, era raro que Carlos no hubiera salido como los otros. Era raro porque la oficina tenía solamente una puerta, claro que en una de esas no había mirado bien porque eso no podía ser, el empleado había abierto la puerta para que ella entrara y Carlos no se había cruzado con ella, no había salido primero como todos los otros, el hombre del pelo colorado, las señoras, todos menos Carlos.

El sol se estrellaba contra la vereda, era el ruido y el aire de la calle ; María Elena caminó unos pasos y se quedó parada al lado de un árbol, en un sitio donde no había autos estacionados. Miró hacia la puerta de la casa, se dijo que iba a esperar un momento para ver salir a Carlos. No podía ser que Carlos no saliera, todos habían salido al terminar el trámite. Pensó que acaso él tardaba porque era el único que había venido por segunda vez ; vaya a saber, a lo mejor era eso. Parecía tan raro no haberlo visto en la oficina, aunque a lo mejor había una puerta disimulada por los carteles, algo que se le había escapado, pero lo mismo era raro porque todo el mundo había salido por el pasillo como ella, todos los que habían venido por primera vez habían salido por el pasillo.

Antes de irse (había esperado un rato, pero ya no podía seguir así) pensó que el jueves tendría que volver. Capaz que entonces las cosas cambiaban y que la hacían salir por otro lado aunque no supiera por dónde ni por qué. Ella no, claro, pero nosotros sí lo sabíamos,

apurarse: apresurarse, darse prisa < un apuro □ **un respirar liviano**: una respiración ligera □ **lo otro**: las otras cosas □ **atrás** ≠ delante

se había cruzado con ella

menos: salvo, excepto
se estrellaba: caía violentamente □ **vereda** Am.: acera, parte lateral de la calle reservada a los peatones □ **unos**: algunos □ **se quedó parada**: se paró, se inmovilizó
hacia: en dirección de

no podía ser que no saliera
acaso: tal vez, a lo mejor, posiblemente

vaya a saber: después de todo
raro: extraño

se le había escapado: le había pasado inadvertido □ **lo mismo**: a pesar de todo, de todos modos
por primera vez, por segunda vez: sin artículo

cambiaban, hacían: cambiarían, harían
aunque no supiera (< saber): *même si*

nosotros la estaríamos esperando a ella y a los otros, fumando despacito y charlando mientras el negro López preparaba otro de los tantos cafés de la mañana.

despacito < despacio = muy despacio
tantos: aquí: muchos

Grammaire au fil des nouvelles

Traduisez les phrases suivantes inspirées du texte (le premier chiffre renvoie aux pages, les suivants aux lignes ; les chiffres en gras renvoient à la Grammaire active de l'espagnol *publiée au Livre de Poche).*

***La seule chose* que je vous demande c'est de ne pas vous tromper d'individu** (*lo* ; v. d'ordre + subj., 150 - 15, **20-224-216**).

Le chef avait choisi des bureaux fonctionnels *pour que* les gens ne s'entassent pas (*para que* + subj. ; c.d.t., 160 - 19, **316-216**).

Il était le premier *à* venir chercher les tuyaux (prép., 160 - 26, **126**).

***Même si* une convocation est sur du papier jaune, elle a toujours un air sérieux** (*aunque ; "être" : venir*, 160 - 32, **322**).

***Bien que* le numéro figurât clairement, elle fut surprise de ne pas voir le drapeau national** (*aunque* + ind. ; sujet réel, 162 - 20, **116-322**).

Voyez *comme je suis seul* (*lo* + adj. + que, 152 - 27, **20**).

C'était bizarre que Carlos ne soit pas sorti (subj. ; temps comp., 176 - 4, **306-192**).

Il y avait *même* quelques arbres (*hasta*, 162 - 12, **130**).

Elle rougit (*ponerse* + adj., 164 - 23, **278**).

Elle resta là debout *jusqu'à ce que* le jeune homme lui fît un signe (*hasta que* + ind., 164 - 25, **308**).

Si vous ne vous souvenez pas bien de la date... ("vous" : *uno*, 166 - 14, **244**).

Il regardait *ses* mains *comme s'il n'*avait *plus* su qu'*en* faire (poss. ; *como si* + subj. ; *ya...no* ; "en", 168 - 12, **260-210-106-170**).

N'oubliez pas que vous allez devoir revenir (défense, 170 - 1, **204-250**).

***Enfant,* elle avait habité ce quartier** (*de* + adj., 170 - 21, **118**).

***Quand il se marierait, il louerait* peut-être un appartement** (*cuando* + subj., imp. ; imp. ind. pour un cond., 170 - 24,25, **308-184**).

Il lui dit qu'elle pouvait s'en aller, et il lui dit de revenir, et de ne surtout pas oublier (double const. de *decir*, 174 - 23,26, **224**).

Nous, nous l'attendrions, elle, et les autres (*a* + c.o.d., 178 - 1, **136**).

Vocabulario

— A —

a los (las) + nombre + nom au bout de
abajo en bas ; le bas
abandonar(se) (s')abandonner
abarcar saisir, comprendre ; se composer de
abierto, a ouvert, e
ablandarse se ramollir
abocado, a acculé, e
abrazar prendre dans ses bras, étreindre
abrazo accolade
abrigarse se couvrir, s'habiller
abrir ouvrir
abrirse paso se frayer passage
absurdo, a absurde
absurdo absurdité
abuelo grand-père
aburridamente avec ennui
aburrido, a ennuyeux, euse
acabar achever, terminer
acabar de + inf. venir de + inf.
acabar con en finir avec
acariciar caresser
acera trottoir
acercarse s'approcher
acomodar installer confortablement
aconsejar conseiller
acordarse se souvenir
acorralar acculer, traquer
acosamiento harcèlement
acoso poursuite
acostarse se coucher
acostarse con coucher avec

acostumbrado, a habitué, e
acuario aquarium
acudir aller
acuerdo accord
achuras Am. abats
adelantar avancer
adelantarse a doubler
adelante en avant ; devant
además de en plus de
adentro dedans
adiestrar dresser
adivinar deviner
adonde où
adónde où (question)
advertir remarquer
adyacente contigu, adjacent
afeitar raser
aferrar saisir, tenir fortement
afiebrado, a enfiévré, e, fiévreux, euse
afligido, a affligé, e, attristé, e
afuera dehors
agacharse se baisser, se pencher
agarrar saisir, se cramponner, accrocher
agarrotado, a raidi, e
agotar épuiser
agradecerle algo a uno être reconnaissant de qqch. à qqn
agua eau
agua colonia eau de Cologne
aguantar résister à ; se retenir
aguantarse supporter
aguja aiguille
agujerear trouer
ahí là
ahí (por) et voilà que
ahora maintenant
ahorrar économiser
aire (mirar al) regarder en l'air
ajustar régler, fixer ; baisser
ala aile
alacena placard
alargar allonger
alcanzar passer, tendre ; suffire ; atteindre ; comprendre
alcanzar a parvenir à
alcohol alcool
alegrar réjouir
alentar encourager
alero auvent
algo quelque chose
alguien quelqu'un
alguno, a quelque

almuerzo déjeuner
aliviar soulager
almacén magasin, boutique
almácigo semis
almohada oreiller
alojamiento logement
alquilar louer
alrededor de autour de
alto, a haut, e ; grand, e
alto halte
altura hauteur
alumbrar éclairer
alzar lever, soulever, relever
allá là-bas
allá (más) au-delà
allí là
amanecer petit jour
amanecer faire jour
amanecer + **adj.** ou **p.p.** s'éveiller le matin + adj. ou p.p.
amarillo, a jaune
amasar pétrir
amigazo pote, copain
amigo ami
amistad amitié
amontonarse s'entasser
amoríos démonstrations d'affection
ampliar agrandir
amplio, a vaste
anciano vieillard
anciano, a âgé, e
andá Am. allons
andar aller, marcher
angosto, a étroit, e
animadamente avec entrain
animarse a se décider à, s'enhardir
anotar noter, prendre note de
ante devant
antecocina office
antes avant
antes de avant de
antigüedad ancienneté
antorcha torche
año an, année
años (a sus) à son âge
apagadamente sourdement
apagado étouffé
apagar éteindre
aparato appareil
apartarse s'écarter
aparte de à part
apelar a en appeler à
apellido nom de famille
apenas à peine, dès que
apio céleri
"apio verde" *Happy Birthday*
aplastar écraser

apresurarse s'empresser, se dépêcher
apretar appuyer sur ; serrer
aprobar approuver
aprovechar profiter de
apurarse se dépêcher, se hâter
apurado (andar) aller vite
apuro (sin) sans se presser, sans hâte
arañazo égratignure, écorchure
árbol arbre
arder brûler
arena sable
arista arête
arpillera toile à sac
arrancar arracher
arrastrar traîner ; entraîner
arrecife récif
arreglar arranger, mettre correctement ; ranger
arreglarse se débrouiller
arrepentirse se repentir
arriba en haut
arriba (boca) sur le dos, face au ciel
arriba (patas) sens dessus dessous
arrugar plisser
asado de tira Am. grillade
ascender monter
asegurar assurer
asentimiento acquiescement
asentir acquiescer
así de cette façon, ainsi, comme ça
así que de sorte que
asiento siège
asilo hospice
asomar apparaître, surgir
asombrado, a étonné, e
asombroso étonnant
áspero rugueux
astilla écharde
asunto affaire
asustar effrayer
atabal timbale (tambour hémisphérique)
atado de cigarrillos Am. paquet de cigarettes
ataúd cercueil
atender s'occuper de
atento, a (ser) (être) attentionné, e, prévenant, e
aterrado, a atterré, e
atinado, a sensé, e
atorársele a uno en la

garganta rester en travers de la gorge
atraer attirer
atrás arrière ; derrière
atravesado, a en travers
atreverse a oser
aun même
aún encore
aunque + ind. bien que, quoique
aunque + subj. même si
ausencia absence
auxiliado, a secouru, e, aidé, e
averiguación vérification
averiguar s'informer, chercher à savoir
avisar prévenir
ayer hier
ayuda aide
azotar fouetter
azteca aztèque
azúcar sucre
azul bleu
azulado bleuté

— B —

babor bâbord
bagre silure, poisson-chat
bailar danser
bajar baisser ; descendre
bajo sous ; bas
baldosa dalle
banco, a blanc, che
bandeja plateau (pour servir)
bandera drapeau
bañadera Am. baignoire
bañar baigner
baño (ir al) aller aux toilettes
bárbaro, a énorme
barco bateau
barquinazo Am. cahot
barra Am. bande de copains
barrer balayer
barrido balayage
barrio quartier
barro boue
bastante assez
beber boire
bendito, a bienheureux, euse
beneficencia Am. Assistance Publique
besar embrasser
beso baiser
bien (hacer) faire du bien
bien que il est bien vrai que

blandamente mollement
boca bouche
boca arriba sur le dos, face au ciel
boca abajo sur le ventre
bocanada bouffée
bocina avertisseur
boleto Am. billet
bolsa sac
bolsillo poche
bordear border
botella bouteille
borrarse s'effacer
borroso, a flou, e
bóveda crypte
brazo bras
brazo (del) par le bras
brincar faire des bonds
broma plaisanterie
bromear plaisanter
bronca brouille
bronce bronze
buche (hacer un) se rincer la bouche
bueno, a (ser) (être) gentil, le
bueno bon !
burbuja bulle
buscar chercher
búsqueda recherche

— C —

caballo cheval
cabeza tête
cabo (al ...de) au bout de
cada (invariable) : chaque
cada día más de plus en plus
cada tanto de temps en temps
cada vez más de plus en plus
caer(se) tomber
caída chute
caído, a mort, e, disparu, e
caja boîte
cajón tiroir
calabozo cachot
calambre crampe
caldo bouillon
caleta crique, anse, calanque
caliente chaud
calor (el) chaleur
callado, a silencieux, euse, muet, te ; sans bruit, silencieusement
callar se taire
calle rue

cama lit
cambiar changer
cambio changement
cambio (en) par contre, en revanche
camilla civière
camilla de ruedas chariot d'hôpital
caminar marcher
camisa chemise
camisón chemise de nuit
campaña campagne (électorale ou militaire)
campeón champion
campera Am. blouson
campo campagne
canasta panier
cansancio fatigue
cansarse se fatiguer ; se lasser, renoncer
caña Am. alcool de canne
capaz capable
capaz que Am. peut-être que
capricho caprice
cara face, figure, visage
cara (dar la) assumer la responsabilité
cara (poner mala) faire grise mine, une sale tête
caracoles escargots
carajo bon sang ! zut !
caramelo bonbon
carcajada éclat de rire
cargar charger
carne chair
carnero mouton
carpeta chemise, dossier
cartel affiche
cartera portefeuille, sac
carrera course, carrière
carrera (a) à toute vitesse, sur les chapeaux de roue
carrito table roulante
casa maison
casa (a...de) chez
casarse se marier
casi presque
casualidad hasard
causante cause
caza chasse
cazador chasseur
ceja sourcil
ceñir ceindre, entourer
ceñidor ceinture
cercanía proximité
cerrar fermer
cerrojo verrou
cerveza bière
cielo raso plafond
ciénaga marécage

cierto certain ; certainement
cinco cinq
citar convoquer
ciudad ville
clarito bien clairement
claro bien sûr
clavar planter
cobrar (impulso) prendre (de l'élan)
cocina cuisine
codo coude
cola queue
colchón matelas
colectivo Am. minibus urbain
colgar pendre
colorado, a rouge
coloreado, a coloré, e, colorié, e
columna colonne
comedor salle à manger
comer manger
comercio boutique
como que + ind. comme si
cómodo, a confortable, facile
compañero camarade
compartir partager
compasivo, a compatissant, e
compensatorio, a de consolation
componer composer
comprar acheter
comprobar(se) (se) vérifier
compuesto, a composé, e
con todo eso malgré tout
concentrarse en se concentrer sur
concernir concerner
concienzudamente consciencieusement
condenado, a condamné, e
conectar (re)brancher
confiadamente en toute confiance
confiar confier ; avoir confiance
confundido, a confondu, e
confundirse se tromper
congeniar sympathiser
conjetura conjecture
conmigo avec moi
conocer connaître
conseguir obtenir ; trouver
conseguir + inf. arriver, parvenir à + inf.

consuelo consolation, réconfort
consultorio Am. cabinet médical
contestar répondre
contracción crampe d'estomac
convencer convaincre
convocatoria convocation
copa cime (des arbres)
copita petit verre
corazón cœur
corbata cravate
cordón Am. bord du trottoir
coro (a) en chœur
cortadura coupure
cortar couper, découper
cortésmente poliment, avec courtoisie
cortina rideau
corto, a court, e
corregir corriger
correr courir ; s'étendre, s'étaler
correrse hasta Am. pousser jusqu'à
corresponder incomber, revenir
corresponsal correspondant
cosa (ser...de) être une question de
costa côte
costado côté
costar coûter ; en coûter
costumbre habitude
crear créer
crecer grandir
creer croire
criadero élevage
cristal vitre
crueldad cruauté
crujir craquer
cruzar passer, traverser
cruzarse se croiser
cruzarse con croiser
cuaderno cahier
cuadra Am. pâté de maisons
cualquier(a) n'importe quel(le)
cuando (de...en...) de temps en temps
cuánto combien
cuarto chambre ; quart
cuatro quatre
cubrir couvrir, compenser
cuchara cuillère
cuchillo couteau
cuello col, cou
cuenta (darse) (se rendre) compte

cuerda corde
cuerda (a) mécanique
cuerda (dar...a) remonter
cuero cuir
cuerpo corps
cuesta côte, pente
cuidado (con) (avec) soin
cuidadosamente prudemment
cuidar a soigner
cuidar de + inf. veiller à
cumplir atteindre ; avoir (âge)
cumplir con alguien s'acquitter de ses obligations envers qqn
culpa (tener uno la) être la faute de
curar guérir
curtido tanné

— CH —

chambergo Am. chapeau mou
chapa plaque
chaparral fourré
charco flaque
charlar bavarder
chau Am. ciao, salut, au revoir
che Eh ! Tiens !
chicle chewing-gum
chico enfant, gosse ; fils
chicotear fouetter
chinazo Am. péj. métis
chirriar grincer ; transpercer
chiste blague
choclo Am. épi de maïs
choque choc
chorizo Am. filet de bœuf
chorrear dégouliner, ruisseler

— D —

dale et le voilà
daño (hacer) (faire) mal
dar donner ; frapper, taper ; faire (un pas...) ; atteindre, toucher
dar a donner sur
dar lo mismo revenir au même
dársele a uno por + inf. prendre à qqn de
deber devoir

débil (estar) être faible
decir dire
dedicarse a se consacrer à
dedo doigt
defenderse se défendre
dejar laisser
dejar de cesser
delante devant
delantero, a antérieur, e, de devant
delgado mince
demás (lo) le reste, ce qui reste
demasiado, a trop ; excessif, ve
demorarse s'attarder
dentro de dans, à l'intérieur ; dans (temps)
departamento appartement
derecho droit
derecho (tener...a) avoir le droit de
derrumbarse s'écrouler
desabrigarse se découvrir, se déshabiller
desagradable désagréable
descansar(se) se reposer
descomponer déranger ; rendre malade
desconocido, a inconnu, e
desconsolado, a éploré, e, inconsolable
descubrimiento découverte
desde de ; depuis
desde muy atrás depuis belle lurette, de loin (notion de temps)
desde donde depuis l'endroit où
desempeñar réaliser, remplir (tâche)
desear désirer, souhaiter
desesperadamente désespérément
desgarrarse s'écorcher
desgraciadamente malheureusement
deslumbrador éblouissant
deslumbrante, e éblouissant, e
desmayo évanouissement
desmigajarse s'émietter
desnudarse se déshabiller, se devêtir
desnudo, a nu, e ; vide
desocupado, a libre
despacio lentement, en prenant son temps,

avec le temps de réflexion voulu, en s'y attardant

despachado (quedar) (être) conclu, réglé

desparejo, a inégal, e

despegar décoller

despegarse se détacher

despertar(se) s'éveiller

despiadado impitoyable

desprecio mépris

después après, ensuite

desquite revanche

destinar affecter (à un poste)

desviarse faire un écart

detenerse s'arrêter

detrás de derrière

devolver rendre, restituer

día jour

día (al otro) le lendemain

diario journal

diario journalier, quotidien

dibujarse (se) dessiner, apparaître

dicho dit

diez dix

dificultosamente difficilement

diligencia démarche

dios (ser un pan de) (être) la bonté même

disculparse s'excuser

disgusto rejet

distraerse se distraire, se détourner de

distrito division (cimetière)

disuelto, a dissolu, e

divertirse s'amuser

doblarse se plier, ployer

doble, e double

doler faire mal

dolor (el) (la) douleur

domingo dimanche

dorados dorures

dormido, a endormi, e

donde où

dracma drachme

ducha douche

duda doute

dulce, e doux, ce

duelo deuil ; duel ; douleur

dulzón, a douceâtre, écœurant, e

— E —

echar jeter
echar a + inf. : se mettre à
edad âge
educado élevé
Egeo Egée (mer)
ejecutar exécuter
ejemplo exemple
elegir choisir
ello cela
ellos eux
embajada ambassade
embargo (sin) cependant
embotado émoussé
empanada pâté en croûte
empapado trempé jusqu'aux os
empequeñecerse se rapetisser
empezar commencer
empleado employé
emplear employer
empleo emploi
empresa entreprise
empujar pousser
encalado, a chaulé, e
encantar ravir
encapricharse faire un caprice
encargado responsable, préposé
encarnizamiento acharnement
encarnizarse s'acharner
encender allumer
encendido, a ardent, e ; brûlant, e
encerrarse s'enfermer
encima dessus
encogerse (de hombros) hausser (les épaules)
encontrar trouver
enderezarse se redresser
enemigo ennemi
enfermera infirmière
enfermizo, a maladif, ve
enfermo, a malade
enfrente face-à-face
engaño tromperie
enjabonar savonner
enojarse se fâcher
ensangrentado, a ensanglanté, e
ensayar expérimenter, essayer
enseñar montrer
entender comprendre
enterado, a (estar) (être) au courant
enterarse apprendre, savoir

enterrar enterrer ; enfouir
entierro enterrement
entonces alors ; par conséquent
entornar entrouvrir, fermer à moitié
entrar entrer, faire entrer
entrada entrée
entre que le temps que
entregar déposer, livrer
entregarse a se livrer à
entrenamiento entraînement
entretenerse passer son temps, se distraire
entrever entrevoir
entusiasmo enthousiasme
enviar envoyer
envidiar envier
envión poussée
envolver envelopper
enyesado, a plâtré, e
esas (en una de) Am. inopinément ; si ça se trouve ; un de ces quatre matins
esbozar esquisser
escalera escalier
escalinata escalier monumental
escapar échapper
escoba balai
escombro (sin) encombre (sans)
esconderse se cacher
escorpión scorpion
escribir écrire
escrito, a écrit, e
escritorio bureau
escuchar écouter
escuela école
ese, a ce, cet, cette
esforzarse s'efforcer
esfuerzo effort
eso cela
eso (y...que) et pourtant
eso (por) c'est pourquoi
espalda dos
espaldas (de) de dos ; sur le dos
especial spécial, e
especie sorte
espejo miroir
espera attente
esperanza espoir, espérance
esperar attendre ; espérer
espesarse épaissir
espeso, a épais, se
espina épine
espuma écume

esquina coin; coin de rue
estado état
estacionado, a garé, e
estancarse stagner; rester en suspens
estaqueado, a attaché, e à un pieu
estar être; être là
estar para (no) ne pas être disposé, e à
estar por + inf. être tenté, e de + inf.
este, a ce, cet, cette
estirar (las piernas) se dégourdir (les jambes)
estirarse s'étirer
esto cela
estómago estomac
estrecho, a étroit, e
estrella étoile
estrellarse s'écraser
estrenar étrenner
estrepitoso, a bruyant, e
estribación contrefort (de montagne ou de colline)
estropeado, a abîmé, e
estudiar étudier
estúpido, a stupide
eternidad éternité
evidentemente évidemment
evitar éviter
excusas excuses
exiguo; a exigu, uë
expediente solution facile
extraer extraire, tirer
extrañado, a étonné, e
extraño, a étrange, bizarre
extremo bout

— F —

fácil facile
facilísimo très facile
falsear fausser
falso, a faux, fausse; feint, e
falta (hacer) falloir
faltar manquer
faltarle a uno être nécessaire à quelqu'un, avoir besoin
falúa embarcation, felouque, caïque
familia famille
farmacia pharmacie
farmacopea pharmacopée

fatiga fatigue
febrero février
fecha date
felicidad bonheur
feliz heureux, se
feo, a vilain, e
ficha fiche
fiebre fièvre
fierro Am. fer
fiesta fête
figura forme, silhouette
figurar figurer
fija Am. renseignement, tuyau
fijar fixer, retenir
fijarse en prêter attention à, remarquer
filtración infiltration
filtrarse filtrer
fin fin ; but
fin (al... y al cabo) tout compte fait, en définitive
final (al) finalement, à la fin
firma signature
firmar signer
físicamente physiquement
flaco, a maigre
fletar fréter
flor fleur
florero vase, pot de fleurs
fondo fond
formar parte de faire partie de
formulario formulaire
forro doublure
foto photo
fragancia parfum
francamente franchement
franquear franchir
frasco flacon
frase phrase
frecuencia (con) souvent
frenar freiner
frente a face à
frente (hacer... a) faire face à
fresco, a frais, aîche
frescura fraîcheur
frío, a froid, e
fronterizo frontalier, limitrophe
fuego feu
fuera de hors de
fuerte fort, e
fuerza force
fumar fumer
funeraria entreprise de pompes funèbres
fútbol football
futuro futur, avenir

— G —

gallego, a galicien, ne, de Galice
gana(s) (tener) avoir envie
ganas (sin) sans le vouloir
ganar gagner
ganarle a uno l'emporter sur qqn
ganar a uno en (+ adj. ou **nom)** surpasser, dépasser qqn en (+ nom)
garganta gorge
gastar utiliser
gato, a chat, te
gemelos jumelles
gemir gémir, geindre
género denrée
gente (la) les gens
gesto expression ; geste
girar tourner
girasol tournesol
gobierno gouvernement
golosamente avidement, goulûment
golpe coup
golpe (de) tout à coup, soudain
golpear frapper
golpearse se heurter
gollete goulot
goma caoutchouc
gordo, a gros, sse
gota goutte
gotear couler
gozar posséder
gozar de jouir de
grabar graver
gracia (hacer) plaire
gracias (dar las) remercier
grado classe
granadero grenadier
gran, grande grand, e
grato, a agréable
griego grec
gritar crier
grito cri
gritos (a) à gros sanglots
grueso, a gros, sse
gruta grotte
guarda Am. receveur d'un tramway
guardapolvo blouse, tablier
guardar ranger ; garder
guerra guerre
guerrero guerrier
guía guide
guinche Arg. grue
guirnalda guirlande
gustar plaire

gustarle a uno aimer
gustarle más a uno préférer
gusto plaisir, goût
gusto a à l'aise, bien

— H —

haber avoir ; y avoir
haber de devoir
haber que falloir
habitación chambre
hablar parler
hace il y a (temps)
hacer faire
hacerse devenir
hacia vers
hambre faim
hasta jusqu'à ; même (adv.)
hasta luego à bientôt
hay il y a
hay que + inf. il faut
hecho fait
helado glace
helado, a glacé, e
herir blesser
hermana sœur
hermano frère
hervir bouillir
hígado foie
hijo, a fils, fille, enfant
hilo canne à pêche
hipócrita hypocrite
hoguera bûcher
hoja feuille ; lame
hojear feuilleter
hombre homme
hombrera épaulette
hombros (a) sur ses épaules
hondo profondément ; en profondeur
honrar honorer
hora heure
horizonte horizon
horno fournaise
hospital hôpital
hueco creux ; blanc
huelga grève
huir de fuir
humedad humidité
húmedo, a humide
humo fumée
hundir(se) (s')enfoncer
hundirse couler, sombrer

— I —

ida aller (un)
idea idée
iglesia église
igual égal, e ; pareil, lle
ilegible illisible
ileso sain et sauf ; indemne
iluminar éclairer, illuminer
imagen image
impedimento (sin) sans difficulté
impedir empêcher
imponer imposer
impresionarse être frappé
imprescindible indispensable
impreso imprimé
impulso élan
incapaz incapable
incendiarse s'enflammer
incienso encens
incluso même (adv.)
incómodo inconfortable ; mal à l'aise
inconcebible inconcevable
inconfundible caractéristique
incumbir incomber, revenir
inesperado, a inattendu, e
iniciar commencer
inspector Am. contrôleur
intolerable insupportable
invadir envahir
inyección piqûre
ir aller
ir + gér. commencer à + inf.
irse s'en aller ; passer (le temps)
irla y aller, faire les choses
irle bien a uno avoir de la chance
irreal irréel, le
isla île
izquierda gauche

— J —

jadeante haletant
jadear haleter
jamás jamais
jarabe sirop
jaula cage

jefe chef
jeroglíficos hiéroglyphes
joder vulg. embêter, emmerder
joven jeune
joyería bijouterie
juego jeu
juegos nécessaire (de bureau, ...)
jueves jeudi
jugar jouer
jugo jus
juguete jouet
juntar réunir
juntarse se rejoindre
junto réuni
junto con en même temps
junto a près de, contre
juntos, as ensemble (adv.)
justo juste (adv.)

— L —

labio lèvre
labor tâche
lado côté
lago lac
lagrimales larmes
laja pierre plate
lamer lécher
lana laine
lámpara lampe
lanzarse s'élancer ; se jeter
lápida pierre tombale
lápiz crayon
larga (a la) à la longue
largarse ficher le camp, décamper, filer
largo, a long, ue
largo longuement
lástima dommage
lastimar faire mal, blesser
lata boîte de conserve
látigo fouet
lavar laver
laxante calmant
leche (la) lait
lechería Arg. crémerie, confiserie, marchand de glaces
lechuga laitue
leer lire
lejanamente au lointain
lejano, a lointain, e
lejos loin
lejos (a lo) au loin
lengua langue
lentitud lenteur
levantarse se lever
levantino levantin

leve léger, ère
ley loi
ley (de) sûr, de confiance
librarse de se débarrasser, se libérer de
libre de sans
lidio lydien
ligarse prendre, recevoir
ligero, a léger, ère
limpiar nettoyer
limpio, a propre ; limpide
limpio franchement
lince lynx
lindo, a joli, e
línea ligne
lío grabuge, histoire
libro livre
litro litre
liviano, a léger, ère ; légèrement
livianito bien maigre
lo + adj. + que + verbe combien, comme + v. + adj.
lo + adj. ce qui est + adj.
lo de l'histoire de
loco fou
lograr + inf. parvenir à
lombriz ver
lomo protubérance, saillie
lucidez lucidité
lúcido lucide
lucha lutte
luchar lutter, se battre
luego ensuite, après
lugar lieu, endroit
lunes lundi
lustrar cirer, faire briller
luz lumière, lueur

— LL —

llama flamme
llamar appeler ; téléphoner ; attirer (l'attention)
llanto pleurs
llave clef
llegado el caso le cas échéant
llegar arriver
llenar remplir
lleno, a plein, e ; couvert, e
llevar mener ; porter ; emporter, emmener
llevar + p. p. avoir déjà + p. p.

llevar a cabo accomplir, mener à bonne fin
llevar a cuenta compter, tenir le compte
llevar durer depuis
llorar pleurer
llover pleuvoir

— M —

maíz maïs
mal (menos... que) heureusement que
malo, a méchant, e, mauvais, e
mancha tache
mandar envoyer
mandarse mudar Am. ficher le camp
manera façon
manera (de... que) de sorte que
manejar Am. conduire
mango le manche
maní cacahuète
manija poignée
manisero marchand de cacahuètes
mano (de la) par la main
manotazos (a) en un tournemain
mantener maintenir, tenir
manzana pâté de maisons
manzanilla camomille
mañana matin
máquina machine
máquina (a toda) sur les chapeaux de roues
mar mer
mar afuera vers la haute mer
maravilloso, a merveilleux, se
marcar poinçonner
marco cadre
mareo nausée, mal au cœur
marido mari
marismas marais du bord de mer
martes mardi
mas mais
más plus
más bien plutôt
más que (no...) ne... que
masa pâte
mascar mâcher, mâchouiller
masita Am. gâteau
matar tuer

mate maté, infusion également appelée thé du Paraguay ; récipient dans lequel est préparé le maté
matorrales buissons, garrigue
matrimonio couple ; ménage
mayólica carreau de faïence émaillée
mayor plus grand
mayoría majorité
mayúscula majuscule
mazmorras oubliettes
mecedora chaise à bascule
mediada la tarde au déclin de l'après-midi
médico médecin
medida (a... que) à mesure que
medio milieu ; demi
medio (en... de) au milieu de
mediodía midi
mejilla joue
mejor mieux, meilleur ; en meilleure santé
mejor (a lo) peut-être
mejorar progresser
menguante (luna) lune décroissante, dernier quartier
meninges méninges
menor moindre ; cadet
menor (al por) au détail
menos moins ; sauf, excepté
menos (por lo) au moins
menos mal que encore heureux que
mentira mensonge
mentón menton
merecer mériter
mesa table
meseta plateau
meter(se) (se) fourrer, (s')engager
meterse con s'en prendre à
meter la pata intervenir inopportunément ; commettre un impair
metro mètre
mezclar mélanger, mêler
miedo peur
mientras tandis que
miércoles mercredi
minga de Am. pas question de
ministerio ministère
minuto minute

mío, a mien, mienne, à moi
mirada regard
mirar regarder
mismo, a même
mismo (lo) de la même façon, tout autant; tout de même, quand même; peu importe
miseria (hecho, a una) dans un triste état
mitad moitié
modo (de... que) de sorte que
modorra assoupissement, somnolence
mojar mouiller
molestar contrarier, gêner, vexer
molestarse en se gêner pour
molestia ennui
molesto, a ennuyeux, se, fastidieux, se, embêtant, e
montón tas
morir(se) mourir
morisqueta grimace
mostrar montrer
moteca motèque
moverse se déplacer, bouger
muchacha jeune fille
muchacho gars, copain
muchas (de las) comme il y en a beaucoup
mucho beaucoup
mueca grimace
muerto, a mort, e
mujer femme
mundo monde
musitar murmurer
muslo cuisse
muy très

— N —

nacer naître
nada rien; absolument pas, en aucune façon
nada (la) le néant
nadar nager
nadie personne
naranjada orangeade
natural bien sûr, naturellement
náusea nausée
necesidad besoin
negar nier
negarse a refuser de
nena bébé (fille)
ni pas même

ni siquiera ne ... pas même
ninguno, a aucun, e
no ...más que ne ...que
noche nuit
noche (de) le soir ; la nuit
nomás simplement
nombre prénom ; nom
norte nord
nota note
notar remarquer
noticia nouvelle
noticia (tener...de) être au courant de
noticioso Am. bulletin d'information
novedad nouvelle
novia fiancée
nueve neuf
nuevo, a neuf, ve
número nombre ; numéro
nunca jamais

— O —

obedecer obéir
obediente obéissant
ocho huit
ocultar dissimuler, cacher
ocurrir arriver, se passer
ocurrírsele a uno venir à l'esprit de qqn, passer par la tête de qqn
oeste ouest
oficina bureau
oficio métier
ofrecer offrir
oído oreille (interne)
oír entendre
ojeada coup d'œil
ojo œil
ola vague
oler sentir, avoir une odeur
oler a sentir le (la)
olisquearse se flairer
olor odeur
olvidar oublier
olvidarse uno de algo oublier qqch.
olvidársele algo a uno oublier qqch.
olvido oubli
ómnibus Am. autobus
operarse se faire opérer
oponerse s'opposer
oportunidad occasion
ordenar mettre en ordre
oreja oreille (externe)

orilla rive
orden (la) ordre
ordenar commander, ordonner
orla bordure
oro or
osar oser
oscuras (a) dans l'obscurité
ovillo pelote

— P —

pabellón pavillon
padre père
pagar payer
paisano homme du coin, de par ici
pájaro oiseau
palabra mot ; parole
palmear tapoter
paloma colombe
pan pain
pantano marais
pañuelo mouchoir
papel papier
par de (un) deux
para pour
parado, a arrêté, e ; debout
parecer paraître
pared mur
parentela parenté
párpado paupière
parrilla Arg. restaurant de grillades
partidario du parti politique
partir diviser, partager ; ouvrir, fendre
pasadizo couloir
pasaje passage ; les passagers
pasajero passager
pasar se passer ; passer ; entrer
pasarla mal souffrir
pasarse se terminer
pasear promener
paseo promenade
pasillo couloir
paso cours (du temps)
paso (abrirse) se frayer un passage, un chemin
pasos (dar) faire des pas
pastilla cachet
pata (meter la) faire une gaffe
patas arriba sens dessus dessous
patinar déraper
patio cour
pato canard

patrio, a national, e
pavada sottise
pavimento pavé, pavage
pecado péché
pecho poitrine
pecho (tomar a) prendre à cœur
pedazo morceau
pedido demande
pedir demander
pegado, a collé, e
pegar la vuelta faire demi-tour
pegarse se frapper
pegarse una ducha prendre une douche
pelar décortiquer
peldaño marche
pelea bagarre, combat
película film
pelirrojo, a roux, sse
pelo cheveux
pelota ballon
penoso, a pénible
pensar en penser à
pensativo, a pensif, ve
peñón rocher
peón Am. ouvrier agricole
peor pire
pequeño, a petit, e
pérdida perte
perdido, a perdu, e, égaré, e
perejil persil
performance résultat des courses
perfumado, a parfumé, e
permiso permission
permiso (pedir) s'excuser
permitir permettre
pero mais
perro chien
pertenecer appartenir
pesa poids (de balance ou de pendule)
pesadilla cauchemar
pesado, a lourd, e ; embêtant, e
pesar (a...de) malgré
pescador pêcheur
pescuezo cou
peso Arg. peso, ancienne monnaie
petiso cheval de petite taille
piano (italien) doucement
pibe Arg. gamin, jeune homme
picaporte poignée de porte
pie pied
pie (al) en bas

piedra pierre
piel peau
pierna jambe
pieza pièce ; chambre
pieza (quedarse de una) rester pétrifié
pilotes pilotis
pinza pince
pisar mettre le pied sur
piso sol ; étage ; appartement
pitillo cigarette
pistola pistolet
pitada coup de sifflet
placer plaire
plancha fer à repasser
planchar repasser
planilla liste
plantarse se planter là ; s'arrêter
plantearse surgir, se produire
playa plage
plegaria prière
plomizo, a gris, e ; de plomb
pobre pauvre
poco (de a) aussitôt, peu après
pocos (los) les rares
poder pouvoir
poder más que avoir raison de
polea poulie
policía (el) policier
poner mettre
ponerse mettre (un vêtement) ; devenir
por par ; en ; à travers de
por + inf. parce que
por eso c'est pour cela que
por más que + subj. avoir beau
por qué pourquoi
portafolios serviettes ; porte-documents
portarse se comporter
portero concierge
postre dessert
pozo puits
precioso, a magnifique
preferir préférer
preguntar demander, poser une question
preguntar por prendre des nouvelles de, interroger au sujet de
prestar prêter
prever prévoir
previo, a préalable
previsto, a prévu, e
primero premier ; d'abord

principio (al) au début
prisionero prisonnier
probar prouver
problema (el) problème
procurar + inf. essayer de + inf.
prometer promettre
promesa promesse
pronto vite
propiamente vraiment
proponer proposer
próximo proche
puerta porte
puerro poireau
puesto poste ; kiosque
puesto que étant donné que
punta extrémité
punta (de) en pelote
punteado pointillé
punto (a...de) sur le point de
puñado poignée
puñal poignard
punzada élancement
punzante poignant

— Q —

quebrar briser
quedar (se) rester
quedar mal mal s'en tirer
quedarse con garder, retenir
quejarse gémir, se plaindre
quejido gémissement
querer vouloir
quien qui
quieto calme, tranquille ; immobile
quince quinze
quinta propriété, ferme, Arg. **estancia**
quiosco kiosque
quitar ôter
quitarse de encima se débarrasser de qqch.
quizá(s) peut-être

— R —

rabia (dar) faire enrager, mettre en colère
rabioso, a furieux, se
rama branche
ranura rainure
rápido vite
raro, a bizarre
rasguño égratignure
rastro trace

rato moment
ratos (a) par moments, parfois
ratos (de a) par moments, parfois
razón raison
real réel
rebelarse se révolter
rebotar rebondir
recalentado, a surchauffé, e
recibir recevoir
recluta (el) recrue
recoger ramasser
recogerse se recueillir
reconocer reconnaître
recordación souvenir, commémoration
recordar se rappeler, se souvenir de
recorrer parcourir
recorrido parcours
recortar découper
recuerdo souvenir
recurso ressource
rechazar rejeter, repousser
red filet
reemplazar remplacer
reflejarse se refléter
referente a relatif à
refresco rafraîchissement
refuerzo renfort
regresar rentrer, retourner, revenir
regreso retour
reír (se) rire
relajamiento détente
relieve relief
reloj montre ; horloge
reloj pulsera Am. montre-bracelet
rellenar remplir, combler
remise (auto de) voiture de location
remolonear paresser au lit
rendir rendre, produire, donner
reojo (de) du coin de l'œil, à la dérobée ; de travers
repartir distribuer
reparto livraison
repetir répéter, repasser
reponer reprendre, répliquer
resbalar glisser
reseco desséché
resplandor éclat
respuesta réponse
resistir supporter, résister à

resistirse a opposer de la résistance à
resultar être, s'avérer
revista revue
revolcarse se rouler par terre, se vautrer
rezar prier
rezumante suintant
rey roi
rico (estar) délicieux
riesgo risque
rincón coin, recoin
risa rire
risa (soltar) éclater de rire
rocoso rocheux
rodar rouler
rodear entourer
rodilla genou
rogar Am. souhaiter, faire des vœux pour que
rojizo, a rougeâtre
rojo, a rouge
romper casser ; abîmer ; interrompre
roncar ronfler
ronco, a rauque
rondar tourner autour de qqn
ronronear ronronner
ropa vêtements
roto, a cassé, e, brisé, e ; en mauvais état ; endommagé, e
rubio, a blond, e
rueda roue
ruido bruit
rumbo direction

— S —

sábado samedi
sábana drap
saber savoir
saber de apprendre l'existence de
sabio, a savant, e
saborear savourer
sabroso, a savoureux, euse
sacar sortir, tirer, prendre (une photo) ; demander
sacerdote prêtre
saco sac ; Am. veste
sacrificar sacrifier
sacudir secouer
sagrado, a sacré, e
sal (la) sel
sala salon
salir sortir ; se lever (astre)
salir a aboutir à

salir bien réussir, bien marcher

salir + adj. s'avérer être + adj.

salir volando s'envoler

saltar sauter

salud santé

saludar saluer

salvajemente sauvagement

salvar sauver

salvia sauge

salvo, a sauf, ve

salvo, a (de) épargné, e par

sangre (la) sang

sano, a sain, e

secar sécher

sed soif

sedante sédatif

seguida (en) tout de suite

seguir suivre, poursuivre ; être toujours là, persister

seguir + gér. continuer à + inf.

seguir + p. p. ou **adj.** être encore

según selon

segundo, a second, e

segundo seconde

seguridad certitude

seguridades assurances

seguro, a sûr, e

seguro que sûrement que

seguros contrats d'assurances

selva forêt

sello timbre

semana semaine

sendero sentier

sentarse s'asseoir

sentido sens

sentir sentir

seña signe

señas adresse

señas (hacer) faire signe

señal (dar la) faire signe

señalar signaler ; montrer, indiquer

ser être

sea (o...que) autrement dit

serio, a sérieux, se

servicial serviable

servir être utile ; servir

setecientos sept cents

seto haie

siempre toujours

siempre que + subj. pourvu que

siete sept

siguiente suivant, e

silbar siffler

silla chaise
sin sans
sin embargo cependant
sino (no...) ne ... que ; ne ... pas ... mais
siquiera (ni) ne ... pas même
sitio place
sirio syrien
sobrado en excès
sobre sur
sobre todo surtout
sobresaltarse perdre contenance, se troubler
sofocadamente de façon étouffée
soga corde
sol soleil
solas (a) tout seul
soledad solitude
soler + inf. avoir l'habitude de + inf.
soltar dégager, lâcher
soltar la carcajada éclater de rire
solterón vieux garçon
sollozar sangloter
sombra ombre
sonido son
sonreír sourire
sonso, a sot, te
soñar rêver
sopor torpeur
sorbo gorgée
sorprender surprendre
sorprenderse s'étonner
sortear esquiver, éluder
sospechar suspecter ; soupçonner
sostener soutenir
subida montée
subir monter
súbito, a soudain, e
subrayar souligner
subte Am. métro
suceder arriver, survenir
sucio, a sale
sudado, a trempé, e de sueur
suegro beau-père
sueldo paye
suela semelle
suelo sol
suelo (en el) par terre
sueño rêve ; sommeil
suerte chance
suerte (mala) malchance
sujetar maintenir, tenir
sujeto individu
sumergir plonger
súplica prière, supplication
sumo (a lo) tout au plus, au maximum
suspirar soupirer

suyo, a à lui, à elle, à eux

— T —

tajada part
tal tel, le
tal (un) un certain
tal vez peut-être
también aussi
tampoco non plus
tan + adj. si
tan...como aussi ... que
tantear essayer
tanto, a tant de
tanto (entre) entre-temps
tapar cacher
taparrabos pagne
tardar s'attarder
tardar en mettre (du temps)
tarde après-midi ; tard
tarea tâche
tarjeta carte
taza tasse
té thé
techo plafond
tejer tisser
telefonear téléphoner
tela toile
tema sujet de conversation
tembladerales Am. marécages
temblar trembler
temer craindre
temporada période
temprano tôt
tender(se) (s')étendre, (s')allonger, (se) coucher
tener avoir ; Arg. tenir
tener que devoir
tenso, a tendu, e
teñir teinter
tercero, a troisième
término terme, fin
tersura éclat
tesón opiniâtreté
tía tante
tibio, a tiède
tiempo (hacer) faire passer le temps
tientas (a) à tâtons
tilo tilleul
timbre sonnerie ; sonnette
tinieblas ténèbres
tintero encrier
tira bande
tirar tirer ; jeter, lancer
tirarse s'allonger ; se

lancer ; s'effondrer, s'écrouler
tironear Am. secouer, chahuter, brutaliser
título titre
toalla serviette de toilette
tobiano cheval dont la peau a des taches de deux couleurs
tobillo cheville
tocar toucher ; jouer (instrument de musique)
tocarle a uno incomber, revenir
todavía encore
todo, a tout, e
todo (del) complètement
todo (adj. ou **p. p. + y)** quoique + adj. ou p. p.
tomar prendre, saisir ; Am. boire
tomarla con s'en prendre à
tomillo thym
tonelada tonne
torcer tourner
torpemente difficilement
torta gâteau
tos toux
toser tousser
total somme toute
trabajar travailler
traer apporter, amener ; contenir
trago gorgée, coup
tragón goinfre
trajearse s'habiller correctement
trámite formalité
tranco enjambée, foulée
tranvía tramway
trapo chiffon
tras derrière, après
trasnochada nuit blanche
tratar de essayer de
tratarse de s'agir de
través (a...de) à travers
travesura bêtise
trayecto trajet
treinta trente
tren train
trepar grimper
trinchar découper
tropezar con se heurter à
trozo morceau
turno tour

— U —

u ou
ubicar Am. situer
último, a dernier, ère
último Am. en dernier
uno, a un, e
una (en... de esas) cf. "esas"
unos, as quelques ; environ, plus ou moins
uno (de a) un par un
uno on

— V —

vacaciones vacances
vaciar vider
vacío, a vide
vacilar hésiter
vaivén va et vient
valer valoir
varios, as plusieurs
vaso verre
vecino, a voisin, e
vecinos gens du coin
veinte vingt
vela bougie
velar veiller ; garder
velo voile
velorio veillée funèbre
venir venir ; arriver ; être
venir a ser représenter
ventaja avantage
ventana fenêtre
ventanal baie vitrée
ventanilla fenêtre (de véhicule) ; hublot
ventear flairer
ver voir
verano été
veras (de) vraiment
verdad vérité ; c'est vrai
verdadero a vrai, e, véritable
verde vert, e
verdoso, a verdâtre
vereda Am. trottoir
vergüenza honte
verificar vérifier
vestir(se) (s')habiller
vez fois
vez (alguna) parfois ; de temps à autre ; un jour, à l'occasion
vez (otra) de nouveau
vez (de una) une fois pour toutes
vez (a la) en même temps
vez (en...de) au lieu de
vez (a mi) à mon tour

vez (una y otra) maintes et maintes fois
vez (tal) peut-être
viajar voyager
viaje voyage
viaje (seguir) Am. suivre son chemin
vida vie
vidriera Am. vitrine
viejo vieux ; père
viejo (de) d'occasion
viento vent
vigilante Am. agent de police
vigilar surveiller
vigilia veille
visillo rideau
víspera veille
vista vue
vista (bajar la) baisser les yeux
vista (a la) en vue
vivac bivouac
vivir vivre ; habiter
vivo, a vif, ve ; vivant, e
volver revenir ; retourner ; rentrer ; revenir sur, se répéter
volver a + inf. re + inf.
volverse devenir ; se retourner
voz voix ; rumeur
vuelta retour ; tour
vuelta (darse) Am. se retourner
vuelta (pegar) rentrer
vuelta (dar...a) Am. faire le tour de
vuelta a vuelta Am. sans cesse

— Y —

y et
y eso que et pourtant
ya déjà ; maintenant ; bientôt
ya (desde) dès à présent
ya no ne ... plus
yeso plâtre
yo moi, je

— Z —

zafarse se libérer, se dégager
zaguán vestibule, entrée
zapato chaussure
zoológico zoo
zozobra angoisse
zumbar vrombir
zumbido vrombissement

Composition réalisée par COMPOFAC – PARIS

Imprimé en France sur Presse Offset par

BRODARD & TAUPIN

GROUPE CPI

La Flèche (Sarthe).
N° d'imprimeur : 19439 – Dépôt légal Éditeur 36683-08/2003
Édition 3
LIBRAIRIE GÉNÉRALE FRANÇAISE - 43, quai de Grenelle - 75015 Paris.

ISBN : 2 - 253 - 06308 - 8

30/8675/8